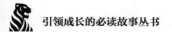
引领成长的必读故事丛书

炙人口的寓言故事

本书编写组◎编

KUAIZHI

RENKOU
DE YUYAN
GUSHI

世界图书出版公司
广州·北京·上海·西安

图书在版编目（CIP）数据

脍炙人口的寓言故事／《脍炙人口的寓言故事》编
写组编．—广州：广东世界图书出版公司，2010. 10（2024.2 重印）
ISBN 978 - 7 - 5100 - 2839 - 7

Ⅰ．①脍… Ⅱ．①脍… Ⅲ．①寓言 - 作品集 - 世界
Ⅳ．①I17

中国版本图书馆 CIP 数据核字（2010）第 196609 号

书　　　名　脍炙人口的寓言故事
　　　　　　KUAIZHI RENKOU DE YUYAN GUSHI
编　　　者　《脍炙人口的寓言故事》编写组
责任编辑　张梦婕
装帧设计　三棵树设计工作组
出版发行　世界图书出版有限公司　世界图书出版广东有限公司
地　　　址　广州市海珠区新港西路大江冲 25 号
邮　　　编　510300
电　　　话　020-84452179
网　　　址　http://www.gdst.com.cn
邮　　　箱　wpc_gdst@163.com
经　　　销　新华书店
印　　　刷　唐山富达印务有限公司
开　　　本　787mm×1092mm　1/16
印　　　张　13
字　　　数　160 千字
版　　　次　2010 年 10 月第 1 版　2024 年 2 月第 12 次印刷
国际书号　ISBN　978-7-5100-2839-7
定　　　价　59.80 元

前　言

　　寓言，从字面上讲就是寓事于物以言他。人们为了将一项独到的思想见解说清楚，借用寓事于物的表达方式，使读者在阅读之后通过思维置换来明白作者的文意。寓言故事是人类社会文明发展的产物，是文人墨客提炼自生活的一种文学艺术表达形式。寓言故事的精髓在于寓事说理、寓事言他，就是用含蓄的表达方式来加深人们对某件事物的共同认知。在人类文化的长河中，中国寓言始终占有不可取代的地位，是人类进步的乐章中不可或缺的音符。中国寓言故事多取材于民间，是一种意义深远的文学形式，使深奥的道理在浅显易懂的故事中体现，具有故事性、哲理性、讽刺性和劝诫性。

　　本书的编排主要有两个特色：

　　一个是以人性的美与丑分类编排，将人性的真善美和假恶丑形成鲜明对比。全书分为 9 篇，即真实和虚伪篇、智慧和愚昧篇、美丽与丑陋篇、诚信与狡诈篇、廉洁与贪婪篇、勇敢与怯懦篇、善良与丑恶篇、本质与表象篇、福与祸篇，这 9 个篇章可以说构成了完整的人性世界。

　　另一个是言理在先。每个故事分为导读和故事两个板块，导读对故事寓意给予品评，开掘其中的哲理，然后是寓言故事。故事本身也是一面镜子，或者说是一把开启自我心灵的钥匙，从寓言故事中，可领悟到高层次、超越世俗的哲理，并从中得到启悟——发现

脍炙人口的寓言故事

自身存在的缺陷与不足，进而自觉地、默默地向着正确的人生方向迈步，这远比旁人用各种形式对其做出批评和指正来得善巧。

中国古代寓言蕴涵了极丰富极深刻的道理，本书收录了许多哲理深刻的寓言故事，包含了深奥的哲学知识。青少年朋友可通过阅读本书涵养其道德情操，提高其审美能力和语言素养，这也是我们编写本书的目的。

目　录

一、真实和虚伪

二、智慧与愚昧

脍炙人口的寓言故事

六、勇敢与怯懦

七、善良与丑恶

八、本质与表象

脍炙人口的寓言故事

九、福与祸

一、真实和虚伪

真正的伟大常常是平凡的，他
们的行为既不做作，也不虚饰。

——克雷洛夫

以羊替牛

导读

　　杀牛和杀羊都是屠杀生命。齐宣王对牛怜悯，却对羊残忍，二者在本质上是一样的，可见他对牛的怜悯不是真正的怜悯。齐宣王用羊来代替牛祭祀不过是骗人的把戏，对牛的怜悯只是在牵牛人面前表现的虚伪的仁慈。真正的仁慈是对一切生命都爱戴、尊重。

❋　　　　❋　　　　❋　　　　❋　　　　❋

　　古时候，在一定的日子里，人们都要在祠庙进行祭祀典礼，表示对神灵的虔诚，以此来祈求神灵的保佑，这种祭祀典礼就叫做"祭钟"。每当祭钟的时候，往往要杀一头牛或者一只羊，然后将牛头或羊头用大木盘子盛放在祭神的供桌上，人们就跪在供桌前进行虔诚的祈祷。

　　有一天，又到了祭祀的日子，齐国都城里来了一个人，他牵着一头准备杀来祭祀的牛从齐宣王的大殿前走过，恰巧让齐宣王看见了。齐宣王便命令随从叫住了那个牵牛的人，问道："你打算把这头牛牵到哪里去呢？"牵牛人回答说："我要牵去宰了用来祭钟。"

　　齐宣王听了，看了看那头牛，叹息着说："这头牛并没有什么罪过呀，却要白白地被杀死，你看它吓得颤颤抖抖、哆哆嗦嗦的样子，我实在不忍心看了。你把它放了吧！"

　　牵牛人说："大王您真慈悲，那就请您把祭钟这一仪式也废除了吧？"

"这怎么可以废除呢？"齐宣王严肃起来，接着说："这样子吧，你就用一只羊代替这头牛吧！"

滥竽充数

导 读

　　故事中的南郭先生不学无术，没有真正的本领，只是靠蒙骗混饭吃。然而骗得了一时，却骗不了一世。南郭先生假装出来的本领终究逃不过实践的检验而露出马脚。故事告诉我们，想要获得成功，唯一的办法就是努力学习，掌握真正的本领，这样才能经受得住任何考验，依靠骗术谋求生活终究有败露的一天。

✿　　　✿　　　✿　　　✿　　　✿

　　古时候，齐国的国君齐宣王非常爱好音乐，特别喜欢听吹竽，他的大殿里专门请了三百个善于吹竽的乐师。齐宣王很喜欢热闹，又爱讲究排场，总想在别人面前显示他做国君的威严。所以每次听吹竽的时候，他总是叫这三百个人一起合奏给他听。

　　有个自以为聪明的南郭先生听说齐宣王有这个癖好，便觉得有机可乘，是个赚钱的好机会，就自己跑到齐宣王那里去，吹嘘自己说："大王啊，我是个有名的乐师，听过我吹竽的人没有不被感动的，连鸟兽听了也会翩翩起舞，花草听了也会合着节拍颤动，我愿把我的绝技献给大王。"齐宣王听了非常高兴，丝毫不加考察，痛快地就答应了他的请求，把他也编进那支三百人的吹竽队伍中。

　　从此，南郭先生就跟随那三百乐师一块儿吹竽给齐宣王听，并和所有乐师一样拿着优厚的薪水和丰厚的赏赐，心里得意极了。

其实南郭先生撒了个弥天大谎，他压根儿就不会吹竽。每当演奏的时候，南郭先生就捧着竽混在队伍中，别人摇晃身体他也摇晃身体，别人摆头他也跟着摆头，脸上表现出一副动情忘我、非常陶醉的样子，看上去和别人一样吹奏得熟练投入，没有人能瞧出什么破绽来。南郭先生就这样靠着蒙骗混过了一天又一天，拿着不劳而获的薪水过着优越的生活。

可是好景不长，过了几年，齐宣王死了，他的儿子齐湣（mǐn）王继承了王位。齐湣王也爱听吹竽，但他和齐宣王不一样，认为三百个人一块儿吹实在太吵，不如独奏轻妙悠扬。于是齐湣王下了一道命令，要所有乐师都好好练习，做好准备，他将让三百人轮流来一个一个地吹竽给他欣赏。乐师们知道命令后都积极练习，都想大展身手以赢得齐湣王的重赏。只有那个滥竽充数的南郭先生急得像热锅上的蚂蚁，每日惶恐不安。他想来想去，觉得这次再也混不过去了，只好收拾行李连夜逃走了。

涸辙之鱼

导　读

　　俗话说，远水解不了近渴。寓言故事中监河侯不切实际的慷慨表现了他假大方、真吝啬的伪善面目。庄子用涸辙之鱼的故事讽刺了监河侯说大话，讲空话，不能解决实际问题的虚伪慷慨。这则寓言告诉我们，夸大其词、不切实际的空口大话只会让人厌恶，只有真实的善意才是我们应该追求的。

❀　　❀　　❀　　❀　　❀

庄子家很贫穷，已经到揭不开锅的地步了，没有办法，他只好硬着头皮到监理河道的官吏家去借些粮食。

监河侯见庄子登门求助，便爽快地答应借粮。他说："可以啊，待我收到租税后，马上就借你三百两银子。"

庄子听后转喜为怒，脸都气得变了色。他愤然地对监河侯说："我昨天在来府上的途中，半路听见求救声。环顾四周不见人影，再观察周围，看见车辙里躺着一条鲫鱼，原来是缺水的鲫鱼在求水。"

庄子叹了口气接着说："它见到我，就像遇见救星般向我求救。听人说，这条鲫鱼本来住东海，不幸沦落在车辙里，无力自拔，车辙里无水，眼看就快要被干死了。所以它正请求路人给点儿水，救救性命。"

监河侯听了庄子的话，便问他是否给了水救助鲫鱼。

庄子冷眼看了监河侯一眼，讥讽地说道："我说可以，等我到南方，劝说吴王和越王，请他们把西江的水引到你这儿来，把你接回东海老家去吧！"

监河侯听傻了眼，觉得庄子的救助方法十分荒唐，反问道："那怎么行呢？"

庄子故意大声说："是啊，鲫鱼听了我的主意，气得直瞪眼睛，说：'眼下缺水，没有安身之处，只需几桶水就能解决困境，你说的从西江引水全是空口大话，还没等你把水引来，我早就成了鱼市上的干鱼啦！'"

曾参杀人

俗话说，人言可畏。故事中曾子的良好品德本是深得母亲的信任的。然而，即便是缺乏事实根据的流言，如果议论的人多了，也会动摇一个慈母对自己贤德的儿子的信任。由此可见，没有事实依据的言论是多么地可怕。这则寓言故事告诫我们，在面对流言时，应该遵循事实，用分析的眼光看待问题，不能轻易相信缺乏事实根据的传言。

❀　　❀　　❀　　❀　　❀

孔子的学生曾子名叫曾参，在他的家乡有一个与他同名同姓的人。有一天这个同乡在外面杀了人。这件事很快就被传开了，于是"曾参杀了人"的风闻便在曾子的家乡传得沸沸扬扬。

曾家的一个邻居听说了这件事，从一名目击者那里了解到杀人的凶手叫曾参，于是便跑回曾子家告诉曾子的母亲说："曾子在外面杀人了"。这个邻居并没有亲眼看见杀人的凶手，只是把听来的情况告诉给了曾母。曾子一向是母亲引以为傲的儿子。他又是儒家圣贤孔子的学生，受到了良好的教导，怎么会干出伤天害理的事情呢？曾母听了邻居的话后，不惊不忧，没有丝毫担心，她相信儿子不会是凶手。她一边安然有序、有条不紊地织着布，一边斩钉截铁地对报信的邻居说："我的儿子是不会去杀人的。"

没隔多久，又有一个人跑来告诉曾子的母亲说："曾参真的在外面杀人了。"曾子的母亲依然没有理会这个人说的话。她仍旧坐在那里不慌不忙地穿梭引线，织着布。

又过了一会儿，第三个报信的人跑来对曾母说："现在外面议论纷纷，大家都说曾参的确杀了人。"曾母听到这里，心里突然紧张起来。见这么多人都在议论这件事，曾母也信以为真，相信曾子的确杀了人。于是，她害怕这种人命关天的事情要诛连亲眷，连儿子的下落也顾不上打听，就急忙放下手中的活儿，将院子的门紧紧关上，搭起梯子，从后院没人的地方越墙逃走了。

生木造屋

导　读

　　高阳应的房子没住多久就倒塌的事实说明，我们做任何事情，都必须尊重实践经验和客观规律，而不能主观蛮干。否则，没有不受惩罚的。

＊　　　＊　　　＊　　　＊　　　＊

宋国大夫高阳应为了兴建一幢房屋，派人在自己的封邑内砍伐了一批木材。这批木材刚一运到，他就找来工匠，催促其即日动工建房。

　　工匠一看，地上横七竖八堆放的木料还是些连枝杈也没有收拾干净的、带皮的树干。树皮脱落的地方，露出光泽、湿润的白皙木芯；树干的断口处，还散发着一阵阵树脂的清香。用这种木料怎么能马上盖房呢？所以工匠对高阳应说："我们目前还不能开工。这些刚砍下来的木料含水太多、质地柔韧、抹泥承重以后容易变弯。初看起来，用这种木料盖的房子与用干木料盖的房子相比，差别不大，但是时间一长，用湿木料盖的房子容易倒塌。"

　　高阳应听了工匠说的话以后，冷冷一笑。他自作聪明地说："依你所见，不就是存在一个湿木料承重以后容易弯曲的问题吗？然而你并没有想到湿木料干了会变硬，稀泥巴干了会变轻的道理。等房屋盖好以后，过不了多久，木料和泥土都会变干。那时的房屋是用变硬的木料支撑着变轻的泥土，怎么会倒塌呢？"工匠们只是在实践中懂得用湿木料盖的房屋寿命不长，可是真要说出个详细的道理，他们也感到为难。因此，工匠只好遵照高阳应的吩咐去办。虽然在湿木料上拉锯用斧、下凿推刨很不方便，工匠们还是克服种种困难，按尺寸、规格搭好了房屋的骨架。抹上泥以后，一幢崭新的房屋就落成了。

开始那段日子，高阳应对于很快就住上了新房颇感骄傲。他认为这是自己用心智折服工匠的结果。可是时间一长，高阳应的这幢新屋越来越往一边倾斜。他的乐观情绪也随之被忧心忡忡取而代之。高阳应一家怕出事故，从这幢房屋搬了出去。没过多久，这幢房子就倒塌了。

画蛇添足

导 读

故事中的人本早已经画好蛇，却在虚荣心的驱使下偏要给蛇添脚，反而弄巧成拙，丢失了已经到手的美酒。生活中那些自以为是，节外生枝，卖弄自己本领的人正像这个画蛇添足的人，多此一举的做法往往使得事情前功尽弃。

我们应从这个画蛇添足的人身上吸取深刻的教训。切不可把工夫用在做没有意义的事情上，否则就会失去宝贵的机会。

✿　　✿　　✿　　✿　　✿

从前，楚国有个有名的贵族，在祭祀典礼结束后，把一壶祭酒赏给门客们喝。这个贵族家里接纳了许多门客。可是门客们拿着这壶酒，都不知道该如何处理。他们觉得，这么多人喝一壶酒，肯定不够，还不如干脆给一个人喝，让那一个人喝个痛快好些。问题是酒到底给谁好呢？门客们便商量出了一个好主意，就是每个人都各自在地上画一条蛇，谁先画好这壶酒就归谁喝。大家都同意了这个办法。

门客们都拿了一支小棍在地上画起蛇来。有一个人画得很快，不一会，就把蛇画好了，于是把酒壶拿了过来。正当要喝酒的时候，他见其他人还没把蛇画完，便十分得意地又拿起小棍，一边自言自语地说："等我再来给蛇添上几只脚，他们也未必画完。"一边给画好的蛇画脚。

不料还没等他给蛇画好脚，手上的酒壶便被旁边一个人一把抢了过去，原来，那个人的蛇画完了。这个给蛇画脚的人却不依，说："我最先画完蛇，酒应该归我喝！"那个人笑着说："你到现在还没有画完，而我已经完工，酒当然是我的！"画蛇脚的人争辩说："我早就画完了，现在是趁时间还早，给蛇添几只脚而已。"那人说："蛇本来就没有脚，你却硬要给它添几只脚，那你就添吧，酒反正你是喝不成了！"

那人毫不客气地喝起酒来，那个给蛇画脚的人只有眼巴巴看着本属自己的酒被别人拿走，后悔不已。

赵简子放生

导 读

这篇寓言故事中门客对赵简子的放生行为的劝诫，揭露了那些只讲形式、不讲效果、沽名钓誉、假仁假义的伪善行为。通过这则寓言我们应思考这样一个问题：什么才是真正的仁慈？有时候，只有仁慈的心是不够的，只有当仁慈化为对万物真切的爱，仁慈才具有真实的意义。

✻　　　✻　　　✻　　　✻　　　✻

古时候人们就有放生做善事的习惯。人们往往在大年初一这天将捉来的鱼、龟放回江河，将捕来的鸟放归山林。以此来行善积德。

春秋时期，在晋国的都城邯郸有一个势力盖天的大臣赵简子，他就喜欢在过年的时候让老百姓替他捉来斑鸠送到府中，供他放生。

每年大年初一这天，邯郸城里的老百姓都能够破例地纷纷拥进赵简子的府第。他们都是来向赵简子进献放生的斑鸠的。赵简子感到非常高兴，对前来进献斑鸠的老百姓都一一发给优厚的赏赐。于是每当初一这天，从早到晚来赵简子府中进献斑鸠的人总是络绎不绝。

赵简子的一名门客在一旁站了很久，疑惑地问他："大人为何要这么做呢？"

赵简子回答说："大年初一放生，表示我对生灵的爱护，这样才显示出我的仁慈之心嘛！"

门客接着说："您对生灵有如此的仁慈之心，这是难得的。不知大人您想过没有，如果全国的老百姓都知道大人您要拿斑鸠去放生，从而对斑鸠争先恐后地你追我捕，其结果一定是被打死打伤的斑鸠有很多很多啊！您如果真的要放生，想救斑鸠一命，不如下道命令，禁止捕捉。像现在，您奖励老百姓捕捉这许多的斑鸠送给您，您再将其放生，那大人对斑鸠的仁慈还不能抵偿您对它们人为造成的灾祸啊！"

赵简子听了门客的一席话，背着双手在府门里踱来踱去，仔细思考了一阵，默默地点了点头说："你说得对啊。"于是下令禁止捕捉斑鸠，从此邯郸城的老百姓不再争先恐后地进献斑鸠了。

俞伯牙与钟子期

导 读

俞伯牙和钟子期的故事早已家喻户晓，流传甚久。有古诗评价说："势力交悲私利心，斯文谁复念知音。伯牙不作钟期事，千古令人说破琴。"俞伯牙和钟子期的深厚友谊告诉我们：人与人的相知，贵在知心。知音难觅，当我们遇到了就应该珍惜彼此间的友谊。

❋   ❋   ❋   ❋   ❋

春秋时期，有一个叫俞伯牙的人很擅长于弹琴，另一个叫钟子期的樵夫则擅长于听音辨意。

有一天，俞伯牙出使楚国，途径马鞍山附近，突然遇到了暴雨，只好躲在一块岩石下面等待雨停。天气的突变使俞伯牙心里感到寂寞、忧伤，便拿出随身携带的古琴弹了起来。开始，他弹奏出如同连绵大雨的琴曲；接着，他又演奏了山崩似的乐音。恰巧在山上砍柴的钟子期也正在附近躲雨，听到伯牙的琴声，觉得心旷神怡，不知不觉早已在一旁聆听了多时，听到高潮时便情不自禁地发出了由衷的赞赏，忍不住大声叫道："好曲！真是好曲！"

俞伯牙听到赞语，赶紧起身和钟子期打过招呼，便又继续弹了起来。伯牙凝神于高山，赋意在曲调之中，钟子期在一旁听后频频点头："好啊，巍巍峨峨，真像是一座高峻无比的山啊！"伯牙又沉思于流水，隐情在旋律之外，钟子期听后，又在一旁击掌称绝："妙啊，浩浩荡荡，就如同江河奔流一样呀！"伯牙每奏一支琴曲，钟子期就能完全听出它的意旨和情趣，这使得伯牙惊喜异常。他放下了琴，叹息着说："好呵！好呵！您的听音、辨向、明义的功夫实在是太高明了，您所说的跟我心里想的真是完全一样，我的琴声怎能逃过您的耳朵呢？"

二人于是结为知音，并约好第二年再相会于汉阳江口论琴。到了第二年中秋日，俞伯牙如约来到了汉阳江口，可是他等啊等啊，怎么也不见钟子期来赴约，于是他便弹起琴来召唤这位知音，可是又过了好久，还是不见人来。第二天，俞伯牙向一位老人打听钟子期的下落，老人告诉他，钟子期已不幸染病去世了。临终前，他留下遗言，要把坟墓修在江边，待到八月十五相会时，好听俞伯牙的琴声。

听了老人的话，俞伯牙万分悲痛，他来到钟子期的坟前，凄楚地弹起了古曲《高山流水》。弹罢，他挑断了琴弦，长叹了一声，把心爱的瑶琴在青石上摔了个粉碎。他悲伤地说："我唯一的知音已不在人世了，这琴还弹给谁听呢？"

俞伯牙和钟子期的友谊感动了后人，人们在他们相遇的地方，筑起了一座古琴台。直至今天，人们还常用"知音"来形容情谊深厚的朋友。

穿井得一人

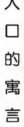

导读

故事中的人们对于丁氏家穿井得一人的事情道听途说，以至于传成了丁氏家从井里挖起来一个人。这则寓言故事告诉我们，任何事情都要调查研究，弄清事实真相，切不可轻信流言，以讹传讹，造成视听混乱。

*　　　*　　　*　　　*　　　*

春秋时代的宋国，地处中原腹地，缺少江河湖泽，而且干旱少雨。农民种植的作物，主要靠井水浇灌。

当时有一户姓丁的农家，种了一些旱地。因为他家的地里没有水井，浇起地来全靠马拉驴驮，从很远的河汊取水，所以经常要派一个人住在地头用茅草搭的窝棚里，一天到晚专门干这种提水、运水和浇地的农活。日子一久，凡是在这家住过庄稼地、成天取水浇地的人都感到有些劳累和厌倦。丁氏与家人商议之后，决定打一口水井来解决这个困扰他们多年的灌溉难题。虽然只是开挖一口十多米深、直径不到一米的水井，但是在地下掘土、取土和进行井壁加固并不是一件容易的事。丁氏一家人起早摸黑，辛辛苦苦干了半个多月才把水井打成。

第一次取水的那一天，丁氏家的人像过节一样。当丁氏从井里提起第一桶水时，他全家人欢天喜地，高兴得合不上嘴。从此以后，他们家再也用不着总是派一个人风餐露宿、为运水浇地而劳苦奔波了。丁氏逢人便说："我家里打了一口井，还得了一个人哩！"

村里的人听了丁氏的话以后，有向他道喜的，也有因无关其痛痒并不在意的。然而谁也没有留意是谁把丁氏打井的事掐头去尾地传了出去，说："丁家在打井的时候从地底下挖出了一个人！"以致一个小小的宋国被这耸人听闻的谣传搞得沸沸扬扬，连宋王也被惊动了。宋王想："假如真是从地底下挖出来了一个活人，那不是神仙便是妖精。非打听个水落石出才行。"为了查明事实真相，宋王特地派人去问丁氏。丁氏回答说："我家打的那口井给浇地带来了很大方便。过去总要派一个人常年在外搞农田灌溉，现在可以不用了，从此家里多了一个干活的人手，但这个人并不是从井里挖出来的。"

秀才的忌讳

导　读

　　故事中秀才表现得很心虚，对"落"、"落地"有很深的忌讳，但事实总是事实，即使不说"落"、"落地"，也没法改变现实。秀才的刻意避讳也只能是自欺欺人，是一种虚假的遮掩。这则故事告诉我们面对事实应积极想出办法解决，刻意的避讳只能掩饰一时的心虚，不能解决任何问题。

❋　　　❋　　　❋　　　❋　　　❋

有一个叫柳冕的秀才，由于几次应试都没中，因此他最怕听到"落"、"落第"一类的字眼，连这类的同音字也不让说。谁要是犯了他的忌讳，他便大发脾气，出言不逊跟别人争论。要是他的仆人误犯了忌讳，他还会鞭棍相加，使得仆人跟他说话时总得小心翼翼，胆战心惊，可是越害怕就越紧张、越容易犯忌讳。

　　这一年，柳冕去省城应试。他骑着马，仆人挑着行李书籍随他一同赶路，忽然，一阵风吹来，柳冕的帽子吹落在地，仆人慌忙跑着去拾帽子，并大声说道："主人慢走，主人停下，您的帽子落地了！"这柳冕心头一惊，因"落地"正好与"落第"同音，他好不生气，用马鞭怒指仆人说："狗奴才，胡说八道！不准说'落地'，这叫'及地'（谐音"及第"）！记住了吗？再瞎说看我不揍你！"仆人唯唯诺诺，诚惶诚恐；一边将帽子给主人戴上，一边说："主人，这回把帽子戴牢一些，就再也不会及地了！"

　　这秀才一听更生气了，一鞭子打到仆人身上，仆人被打得糊里糊涂，不知又犯了什么讳，无奈，只好忍气吞声，自认倒霉。

秀才来到省城参加完应试，过了一段时间，考试发榜了，他急忙打发他的仆人前去看榜。仆人来到发榜的地方，将榜上姓名从头到尾看了三个来回，就是不见"柳冕"两个字，仆人知道这回秀才又落第了，可是回去怎么对主人说呢？因为主人是最恨那个"落"字的。仆人想来想去，忽然想起秀才平日里绕开"落"字而用其他字替代的办法，比如说，秀才常把"安乐"（"乐"音同"落"）说成"安康"，用"康"代替"乐"，于是仆人终于找到了一个较合适的字来。

仆人回到住处，一进门，秀才立即满面春风迎上去问："喂，我考中了吗？"仆人低着头，小声应道："主人，您'康'了。"

柳冕自然明白这"康"字的意思，他唯恐仆人再说出那"落"字，便赶紧把仆人打发出去了。

三人成虎

导读

故事中庞恭的遭遇可以看出妖言惑众、流言飞语多了，的确足以毁掉一个人。随声附和的人一多，白的也会被说成黑的，正应了这句"众口铄金，积毁销骨"。三人成虎的故事告诉我们对待任何事情都要有自己的分析，不要人云亦云，被假象所蒙蔽。

✻   ✻   ✻   ✻   ✻

战国时期，魏国大夫庞恭和魏国太子一起被作为赵国的人质将被押赴赵都邯郸。临行前，庞恭向魏王提出了一个问题，他说："如果有一个人对您说，我看见闹市熙熙攘攘的人群中有一只老虎，君王您相信吗？"

魏王回答说："我当然不信。"

庞恭又问："如果是两个人对您这样说呢？"

魏王说："那我也不信。"

庞恭紧接着追问了一句："如果有三个人都说亲眼看见了闹市中的老虎，君王是否相信呢？"

魏王说道："既然这么多人都说看见了老虎，肯定确有其事，所以我不能不信。"

庞恭听了这话以后，深有感触地说："果然不出我的所料，问题就出在这里！事实上，人虎相怕，各占几分。具体地说，某一次究竟是人怕虎还是虎怕人，要根据力量对比来论定。众所周知，一只老虎是决不敢闯入闹市之中的。如今君王不顾及情理、不深入调查，只凭三人说虎就肯定闹市有虎，那么等我到了比闹市还远的邯郸，您要是听见三个或更多不喜欢我的人说我的坏话，岂不是要断言我是坏人吗？临别之前，我向您说出这点疑虑，希望君王一定不要轻信人言。"

庞恭走后，一些平时对他心怀不满的人开始在魏王面前说他的坏话。开始，魏王还不相信这些谗言，可时间一长，魏王还是听信了这些谗言。当庞恭从邯郸回到魏国时，魏王再也不愿意召见他了。

黎丘老丈

导 读

从故事可以看出，当人们不辨真伪的时候，欺诈的鬼蜮伎俩很容易得逞，而善良诚实反遭戕害，这是一件很可悲的事情。所以，故事告诫我们应随时保持清醒的头脑，应懂得如何辨别真伪。

✿   ✿   ✿   ✿   ✿

魏国都城大梁以北的黎丘乡，经常有爱装扮成乡人子侄兄弟的鬼怪出没。有一天，家住黎丘农村的一位老人在集市上喝了酒，醉醺醺地往家走，在半路上碰到了装作自己儿子模样的黎丘鬼怪。那鬼怪一边假惺惺地搀扶老人，一边左推右晃，让老人一路上受够了罪。老人回到家里以后，不脱鞋、合着衣，倒在床上就睡着了。

第二天，老人酒醒之后，想起自己醉酒回家时在路上吃的苦头，把儿子狠狠训斥了一顿。他气愤地对儿子说："我是你的父亲，你有孝敬我的义务。可是昨天你在路上让我吃尽了苦头。我问你，这究竟是因为我平日对你不够慈爱，还是因为你生了别的什么坏心？"

老人的儿子一听这话，像是在晴天里听见一声霹雳。这到底是哪来的事呢？老人的儿子感到十分委屈。他伤心地落着泪、磕着头，对父亲叹息地说："这真是作孽呵！我哪能对您做这种不仁不义的事呢？昨天您出门不久，我就到东乡找人收债去了。您从集市走回家的那一阵子，我还在东乡办事。您如果不相信，可以到东乡去问一问。"

老人知道自己的儿子素来诚实、孝顺，因此相信了他的话。可是那个长得很像自己儿子的人到底是谁呢？老人想着想着，一转念记起了黎丘鬼怪。他恍然大悟地说："对了，一定是人们常说的那个鬼怪作的孽！"说到这里，老人忽然心生一计。他打算次日先到集市上喝个烂醉，然后趁着酒劲在回家的路上刺杀那个黎丘鬼怪。

第二天早晨，老人在集市上又喝醉了酒。他一个人跌跌撞撞地往回走。他的儿子因为担心父亲在外醉酒回不了家，正好在这个时候从家里出来，沿着通往集市的那条路去接父亲。老人远远望见儿子向自己走来，以为又是上次碰到的那个鬼怪。等他的儿子走近的时候，老人拔剑刺了过去。这位老人由于被貌似自己儿子的鬼怪所迷惑，最终竟误杀了自己的亲生儿子。

澄子夺黑衣

导　读

　　这则寓言告诉我们，任何时候都要尊重事实，不论如何狡诈诡辩，事实总是不能被歪曲的。澄子不顾事实强夺妇人的衣服，他的狡辩最终经不起真理的推敲，只会不攻自破。

　　✳　　　✳　　　✳　　　✳　　　✳

　　战国时期，宋国人澄子不知在什么地方丢失了一件黑布做的上衣。他跑上大路沿途寻找，到处都找不着那件黑衣。

　　蚀财的痛惜化为一股气恼。他一边走，一边琢磨着要想出一种办法来补救丢失一件上衣的损失。碰巧这时迎面走来一位身穿黑色上衣的妇人。澄子不由分说地将她一把抓住。他一面拉扯那妇人的衣裳，欲取其衣，一面狠狠地说道："刚才我丢失的黑衣，原来在你这里！"

　　那妇人被这光天化日之下突如其来的拦路行凶的举动吓蒙了。她急忙对澄子解释道："这件衣裳是我亲手纺的线、织的布，亲手剪裁、缝制而成的。它的长短、大小正合我身。虽然您丢的也是一件黑衣，但是并不是这一件呀！"

　　那妇人的声音听起来显得有一些柔弱、哀怜。但是她如泣如诉

脍炙人口的寓言故事

吐出的一字一句里所含的分量，使澄子心里怔了一下。如果把一个小女子的衣裳说成是自己的，扒下来后，自己却穿不上岂不荒唐？于是他立刻转了一个话题，但是仍然气势汹汹地说："你赶快还我衣服，我丢失的是一件夹衣，而你身上穿的这件是单衣。用你一件单衣抵我一件夹衣，已经让你占了便宜了！"

司原氏打猎

导　读

　　司原氏在追猪人的喊叫声中随声附和，放弃了追鹿，结果一无所获。从这则寓言故事中我们能体会到大凡人云亦云、随声附和的人，追求到手的往往不是真理。

✳　　　✳　　　✳　　　✳　　　✳

从前，有一个叫司原氏的人在一次夜间打猎时，发现了一只鹿。这只鹿听到野地里传来的声音，突然警觉起来。当它看到司原氏正拉弓搭箭瞄准自己的时候，撒腿就朝东面跑了。司原氏并不气馁，他知道在大黑天鹿跑不快，于是跟在后面紧紧追赶，并且一边追赶一边大声地喊叫，试图以此把鹿吓蒙。

正在这时，西面来了一伙追赶猪的人。他们听到司原氏的喊声，以为是东面有人在堵截这头猪，于是就跟着喊叫起来。司原氏不知那伙人在喊叫什么。他看到那边喊叫的人很多，心想必定也是在追赶猎物，于是他放弃了自己追赶的鹿，朝众人喊叫的方向跑去，并且在半路上找了个地方隐蔽起来。那伙人叫着喊着从司原氏隐蔽的地方跑了过去。

过了一会儿，司原氏竟然发现离自己不远的地方有一头浑身白色、肥肥胖胖的笨兽。他十分兴奋，以为自己得到了一头吉祥的珍贵动物。司原氏扑上前去把它捉住，然后带着这头吉祥的野兽回到了家。

司原氏拿出家中所有精、粗食料来喂养这头珍贵的兽。这头兽也十分亲近司原氏。它一见到司原氏便摇头摆尾，朝司原氏发出可爱的"哼哼"声，因此司原氏越发喜爱它了。

没过几天，刮起了狂风，下起了暴雨。暴雨淋在这头白兽身上，将附着在它身上的白色泥土全都冲刷掉了。司原氏仔细一看，才发现它原来竟是自己家里丢失的老公猪，而今却被司原氏当作宝贝从外面带回了家里。

不懂装懂

故事中的魏人和楚邱人都不懂装懂，明明不学无术却偏偏装作博学多识，结果闹出笑话来。这则寓言告诫我们学习知识应脚踏实地，切不可妄自吹嘘。

✳   ✳   ✳   ✳   ✳

从前魏地有个人，素以博学多识而著称。很多奇物古玩，据说只要他看一眼就能知道是什么朝代的什么器具，并且解说得头头是道，大家都很佩服他，他自己也常常引以为自豪。

一天，他去河边散步，不小心踢到一件硬东西，把脚也碰痛了。他恨恨地一边揉脚一边四下张望，原来是一件铜器。他顿时忘了脚疼，拾起来细细察看。这件铜器的形状像一个酒杯，两边还各有一个孔，上面刻的花纹光彩夺目，俨然是一件珍稀的古董。于是魏人得了宝贝似的将铜器捧回了家。

魏人得了这样的宝贝非常高兴，决定大宴宾客庆贺一番。他摆下酒席，请来了众多亲朋好友，对大家说："我最近得到一个夏商时期的器物，现在拿出来让大伙儿赏玩赏玩。"于是他小心地将那铜器取出，斟满了酒，敬献给各位宾客。大家看了又看，摸了又摸，都装出懂行的样子交口称赞不已，恭喜主人得了一件宝物。可是宾主欢饮还不到一轮，意想不到的事情发生了。有个从仇山来的人一见到魏人用来盛酒的铜器，就惊愕地问："你从什么地方得到的这东西？这是一个铜护裆，是角抵的人用来保护生殖器的。"这一来，举座哗然，魏人羞愧万分，立刻把铜器扔了，不敢再看一眼。

无独有偶。楚邱地方有个文人，其博学多识的名声并不亚于魏人。一天，他得了一个形状像马的古物，造得十分精致，颈毛与尾巴俱全，只是背部有个洞。楚邱文人怎么也想不出它究竟是干什么用的，就到处打听，可是问遍了街坊远近许多人，都没一个人认识这是什么东西。只有一个号称见多识广、学识渊博的人听到消息后找上门来，研究了一番这古物，然后慢条斯理地说："古代有犀牛形状的酒杯，也有大象形状的酒杯，这个东西大概是马形酒杯吧？"楚邱文人一听大喜，把它装进匣子收藏起来，每当设宴款待贵客时，就拿出来盛酒。

有一次，仇山人偶然经过这个楚邱文人家，看到他用这个东西盛酒，便惊愕地说："你从什么地方得到的这个东西？这是尿壶呀，也就是那些贵妇人所说的'兽子'，怎么可以用来做酒杯呢？"楚邱文人听了这话，脸噌地一下红到了耳朵根，羞惭得恨不得立刻在地上挖个洞钻进去，赶紧把那古物扔得远远的，像那个魏人一样不敢再看。

二、智慧与愚昧

有一种比能力更难得、更珍贵、更稀罕的东西，那就是认识能力。

——哈伯德

玉器和瓦罐

导 读

　　堂谿公开导韩昭侯的故事告诉我们，有智慧的人很善于说话，能从日常生活中的小事引出治国安邦的大道理。能够虚心接受意见、不唯我独尊的人，才是明智的领导者。

　　❀　　　　❀　　　　❀　　　　❀　　　　❀

　　韩昭侯平时说话不太注意，往往在无意间将一些重大的机密事情泄露了出去，使得大臣们周密的计划不能实施。大家对此很伤脑筋，却又不好直言告诉韩昭侯。

　　有一位叫堂谿（xī）公的聪明人，自告奋勇到韩昭侯那里去，对韩昭侯说："假如这里有一只玉做的酒器，价值千金，它的中间是空的，没有底，它能盛水吗？"韩昭侯说："不能盛水。"堂谿公又说："有一只瓦罐子，很不值钱，但它不漏，你看，它能盛酒吗？"韩昭侯说："可以。"

　　于是，堂谿公因势利导，接着说："这就是了。一个瓦罐子，虽然值不了几文钱，非常卑贱，但因为它不漏，却可以用来装酒；而一个玉做的酒器，尽管它十分贵重，但由于它空而无底，因此连水都不能装，更不用说人们会将可口的饮料倒进里面去了。人也是一样，作为一个地位至尊、举止至重的国君，如果经常泄露臣下商讨有关国家的机密的话，那么他就好像一件没有底的玉器。即使是再有才干的人，如果他的机密总是被泄露出去了，那他的计划就无法实施，因此就不能施展他的才干和谋略了。"

脍炙人口的寓言故事

一番话说得韩昭侯恍然大悟，他连连点头说道："你的话真对，你的话真对。"

从此以后，凡是要采取重要措施，大臣们在一起密谋策划的计划、方案，韩昭侯都小心对待，慎之又慎，连晚上睡觉都是独自一人，因为他担心自己在熟睡中说梦话时把计划和策略泄露给别人听见，以至于误了国家大事。

牧童斗狼

导 读

两个牧童用自己的聪明才智，终于战胜了比自己强大的狼。这篇故事告诉我们在对付强大的敌人时，也应该动脑筋，想办法，用智斗，才能获得成功。

✺　　　✺　　　✺　　　✺　　　✺

从前，有两个机智勇敢的牧童一起到山里去，走啊，走啊，突然发现了一个狼窝。他俩商量说："狼是害人的东西，经常出山去叼走村里的猪和羊，我们应该想办法把它除掉。""可是仅凭我们俩，怎么斗得过凶残的狼呢？"他们正在议论着，一眼瞥见大狼并不在，窝里只有两只小狼，于是计上心来。两个牧童一人抓了一只小狼，然后各自爬上一棵树，相距有数十步远。

过了一会儿，大狼回来了。它进到洞里，发现小狼不见了，急得惊慌失措，嗥嗥叫着四下里寻找。这时，一个牧童在树上使劲地拧小狼的耳朵，小狼疼痛难忍，大声号叫起来。大狼听到小狼的叫声，一抬头，发现了牧童和被捉走的小狼，愤怒极了。它狂奔过来，号叫着用一双尖利的爪子在树干上又爬又抓，想要把小狼救下来。可是树太高，它爬不上去，着急得要命。这时候，另一个牧童又在另一棵树上弄得小狼大叫。大狼停止了号叫，顺着声音望过去，看见了另一只小狼。于是它又舍弃了眼下的这只，又焦急地快速向那棵树奔去，一边跑一边号叫着，就像刚才一样。它刚跑到那棵树下爬抓了几下，这棵树上的小狼又叫了起来。于是大狼再次回过头向这棵树跑来。

就这样，大狼不停地号叫，不停地来回奔跑，不知道到底该顾哪一头好。来回跑了十几趟以后，大狼渐渐地跑慢了，号叫声也越来越微弱。又跑了一会儿，大狼终于气息奄奄，僵直地倒在地上很长时间一动也不动。两个牧童这才从树上下来去试探大狼的鼻息，原来它已经断了气。

鲍君神

导　读

故事中打柴人遇事不仔细想想，只凭主观臆断、人为地编造神话去盲目顶礼膜拜的做法，既无任何实效，又劳民伤财，实在愚昧可笑。这告诫我们任何事都应以科学的态度去分析。

✳　　✳　　✳　　✳　　✳

有一个人到野地里去打柴，在经过一片沼泽地的时候，意外地得到了一只麋鹿。他非常高兴，但没有立即把麋鹿带回家去，而是找了棵树，将麋鹿拴在那里，打算忙完了活计再去牵麋鹿。

碰巧，有10多辆经商的车子从这片沼泽地经过。车上的人看见树旁拴着一只麋鹿，周围一个人也没有。于是，他们走过去把麋鹿牵走了。没走多远，这些人觉得自己不劳而获太不像话，就从车上拿了一条备在路上吃的干咸鱼放在拴麋鹿的地方以作补偿，然后心安理得地离开了这个地方。

过了半晌，打柴的人来取他拴着的那头麋鹿，可是树旁的麋鹿不见了，却有一条大干咸鱼放在拴麋鹿的地方。他觉得太奇怪了。看看四周，不见一个人影。这一片沼泽地中也没有人走的道路，这干咸鱼是从哪里来的呢？就算是从附近湖塘中蹦出来的鱼，那也应该是鲜鱼呀！凭空冒出一条干咸鱼来，它不是神又是什么呢？想到这里，这人恭恭敬敬地抱起干咸鱼回家去了。

回家后，打柴人把这事说给妻子和四邻八舍的人听了，他们都觉得很奇怪。很快，这件事便传开了，而且被人们越说越神奇，竟然引来了许多前来祈祷的人。他们到沼泽地里的小树边求福消灾，治病祛邪，有许多祈祷的人竟然也灵验了。这样一来，人们对这干咸鱼是神的传说深信不疑。大家凑钱为干咸鱼建了一座祀庙，将干咸鱼供奉在里面，在庙里设了多达几十人的专职祝巫，并给干咸鱼送了一个"鲍君神"的尊号。从此，"鲍君神"庙内神帐高挂，钟鼓齐鸣，香火不断，祈祷的人络绎不绝。

好几年过去了，一天，一支经商的车队路过这里，当年放干咸鱼的人也坐在车上。当他经过庙前的时候，看了这热闹的场面和庙门高悬的"鲍君神"匾额，感到十分奇怪，便下车向人打听原因。有人向他讲了这座庙宇和"鲍君神"的来历，他不禁大声说道："这是我的鱼，是我几年前亲手拴在一棵树上的，哪来的什么鲍君神呢！"他走进庙内，上前去将干咸鱼取下，然后头也不回地走了。

庙里的祝巫和那些祈祷的人被弄得哭笑不得、十分尴尬。从此以后，再也无人来朝拜这个庙，渐渐地，庙的四周长满了野草。又过了一些时候，这座庙也倒塌了。

千金买马首

导　读

　　故事中宦官通过价值五百金的马头使得国君众望所归，显示了国君求千里马的诚心，最后终于求得真正的千里马。可见谋事需用智慧，而不是盲目地瞎撞。

❀　　　❀　　　❀　　　❀　　　❀

传说古代有一个非常喜爱骏马的国君，为了得到一匹胯下良骑，曾许以一千金的代价买一匹千里马。普天之下，可以拉车套犁、载人驮物的骡、马、驴、牛多的是，而千里马则十分罕见。派去买马的人走镇串乡，像大海里捞针一样，三年的时间过去了，连个千里马的影子也没有见到。

　　一个宦官看到国君因得不到朝思暮想的千里马而怏怏不乐，便自告奋勇地对国君说："您把买马的任务交给我吧！只需您耐心等待一段时间，届时定会如愿以偿。"国君见他态度诚恳、语气坚定、仿佛有取胜的秘诀，因此答应了他的请求。这个宦官东奔西走，用了3个月时间，总算打听到千里马的踪迹。可是当宦官见到那匹马时，马却死了。

　　虽然这是一件令人非常遗憾的事，但是宦官并不灰心。马虽然死了，但它却能证明千里马是存在的；既然世上的确有千里马，就用不着担心找不到第二匹、第三匹，甚至更多的千里马。想到这里，宦官更增添了找千里马的信心。他当即用500金买下了那匹死马的头，兴冲冲地带着马头回去面见国君。宦官见了国君，开口就说：

"我已经为您找到了千里马！"国君听了大喜。他迫不及待地问道："马在哪里？快牵来给我看！"宦官从容地打开包裹，把马头献到国君面前。看上去虽说是一匹气度非凡的骏马的头，然而毕竟是死马！那马惨淡无神的面容和散发的腥臭使国君禁不住一阵恶心。猛然间，国君的脸色阴沉下来。他愤怒地说道："我要的是能载我驰骋沙场、云游四方、日行千里的活马，而你却花 500 金的大价钱买一个死马的头。你拿死马的头献给我，到底居心何在？"宦官不慌不忙地说："请国君不要生气，听我细说分明。世上的千里马数量稀少，不是在养马场和马市上轻易见得到的。我花了 3 个月时间，好不容易才遇见一匹这样的马，用 500 金买下死马的头，仅仅是为了抓住一次难得的机会。这马头可以向大家证明千里马并不是子虚乌有，只要我们有决心去找，就一定能找到；用 500 金买一匹死马的头，等于向天下发出一个信号。这可以向人们昭示国君买千里马的诚意和决心。如果这一消息传扬开去，即使有千里马藏匿于深山密林、海角天涯，养马人听到了君王是真心买马，必定会主动牵马纷至沓来。"

果然不出宦官所料，此后不到一年的时间，接连有好几个人领着千里马来见国君。

借火治狗

　　故事中大妈用智慧化解了婆媳间的矛盾。这告诉我们，一个有计谋的人，在解决人与人之间的矛盾纠纷时，必须讲究策略。要想弄明真相、息事宁人，既要抓住问题的症结，又不可急于求成。

✻ ✻ ✻ ✻ ✻

有一户人家住着婆媳两人，儿子经常外出，很长时间才能回家一次。

这个婆婆在家专横跋扈，经常对媳妇横挑鼻子竖挑眼，媳妇不能申辩，更不敢反抗，总是偷偷地伤心。幸亏隔壁有位好心的大妈，十分同情这位媳妇，常常安慰这位媳妇并暗中帮助她。

一次，婆婆外出走亲戚，下午回到家里，忽然发现家里的肉少了。婆婆心里顿时来了气，她怎么想也觉得是媳妇偷吃了。于是不问青红皂白就劈头盖脸地骂起来："你这个好吃懒做的贱女人，我不在家你就无法无天了，竟敢在家偷吃东西？"

媳妇觉得实在冤枉，忍不住说："老天爷在上，我偷没偷吃东西，他看得最清楚。"

还没等媳妇说完，婆婆早就气得要跳起来，她指着媳妇大声喊道："这还了得，敢顶撞我！算是我冤枉了你，我瞎了眼睛！我家养不起你这个媳妇了，你马上给我滚回你娘家去，我家不要你了！"就这样，婆婆把媳妇给休弃了。

媳妇无可奈何，只得服从婆婆的命令。她在回娘家之前，去向隔壁的大妈告别，哭着向大妈讲了这件事。大妈听了，很替这位媳妇难过，但大妈也知道那位婆婆的为人，如果现在马上去替媳妇解释，恐怕婆婆是不会听的。于是大妈安慰了媳妇一阵后，对她说："你先慢慢地走，我这就去想办法让你婆婆把你叫回来。"媳妇擦了擦眼泪，慢慢朝村外走去。

大妈待媳妇一走，马上在家里搜寻了一把乱麻，她将乱麻扎在一个小棍上做了一个火引子，然后到这个媳妇家里去找婆婆借火。

婆婆问："现在不是做饭的时候，借火做什么？"大妈对婆婆说："我家的狗不知从哪里叼来一块肉，几条狗为争这块肉，互相咬得很

脍炙人口的寓言故事

31

凶，我想借个火回去治治它们。"

婆婆一听，恍然大悟，肉原来是被狗叼走了。她心里感到有几分愧疚。因此赶紧找来一个人，让他马上去追赶媳妇，把她接回来。

智擒鱼鹰

导 读

事物总是不断发展变化的，如果一成不变地凭老经验办事，不注意发现新情况，就免不了会吃大亏。养鱼人懂得这个道理，所以擒住了鱼鹰，而鱼鹰却不懂得变通，所以被擒。

✳   ✳   ✳   ✳   ✳

有一个人的家里有一片鱼塘，他每年都要靠这片鱼塘赚些钱，来养活自己和家人。可是鱼塘附近有好多鱼鹰，常常来抓鱼吃，赶也赶不走，抓又抓不住，养鱼人为此很是发愁。

有一天，鱼鹰又来吃鱼，养鱼人跑过去冲它们挥挥手，鱼鹰便受惊跑了。养鱼人忽然灵机一动，想出个好办法。他扎了一个稻草人，让它伸开两臂，穿着蓑衣，戴着斗笠，还拿了一根竹竿，就像一个养鱼人的样子。养鱼人把稻草人插在鱼塘里吓唬鱼鹰。起初，鱼鹰以为是真人，因此很害怕，只敢在草人的上空盘旋，一点都不敢接近它。

这样过了几天，鱼鹰果然没再来吃鱼。可是渐渐地，它们见鱼塘里的人总是一动不动，就起了疑心，不断地大着胆子飞下来看。这样一来，它们很快就发现这是个假人了，就又飞下来啄鱼吃。鱼鹰吃了一条条的鱼，肚子吃饱了，就站在草人的斗笠上，边晒太阳边休息，很是悠闲，还不停地发出"假假、假假"的叫声，好像是在嘲笑养鱼人说："假的，假的，这个人是假的啊！"

养鱼人生气极了，他恨恨地盯着得意洋洋的鱼鹰，良久，他忽然又心生一计。

趁着鱼鹰不在的时候，养鱼人悄悄把草人从鱼塘里拔出来拿走了，自己披上蓑衣，戴上斗笠，手里拿根竹竿，像草人一样伸开双臂站在鱼塘里面。

过了一会儿，鱼鹰又来了，它们以为鱼塘里还是原先的假人，就又放心大胆地下来吃鱼。吃得饱饱的，鱼鹰又飞到养鱼人的斗笠上休息，"假假、假假"地叫唤着。养鱼人趁着它不注意，一伸手就抓住了鱼鹰的爪子。鱼鹰使劲地鼓动着翅膀，可是怎么也挣不脱。养鱼人笑呵呵地说："原先是假的，可是这一回是真的啊！"

郑人买鞋

导　读

故事中的郑人揣着尺码去买鞋的行为既愚蠢又可笑。而那些不尊重客观实际，自以为是的人就像这个揣着鞋尺码去替自己买鞋的人一样愚昧无知。

❀　　❀　　❀　　❀　　❀

郑国有一个人，眼看着自己脚上的鞋子从鞋帮到鞋底都已破旧，于是准备到集市上去买一双新的。

这个人去集市之前，在家先用一根小绳量好了自己脚的长短尺寸，随手将小绳放在座位上，起身就出门了。

一路上，他紧走慢走，走了一二十里地才来到集市。集市上热闹极了，人群熙熙攘攘，各种各样的小商品摆满了柜台。这个郑国人径直走到鞋铺前，里面有各式各样的鞋子。郑国人让掌柜的拿了几双鞋，他左挑右选，最后选中了一双自己觉得满意的鞋子。他正准备掏出小绳，用事先量好的尺码来比一比新鞋的大小，忽然想起小绳被搁在家里忘记带来。于是他放下鞋子赶紧回家去。

他急急忙忙地返回家中，拿了小绳又急急忙忙赶往集市。尽管他快跑慢跑，还是花了差不多两个时辰。等他到了集市，太阳快下山了。集市上的小贩都收了摊，大多数店铺已经关门。他来到鞋铺，鞋铺也打烊了。他鞋没买成，低头瞧瞧自己脚上，原先那个鞋窟窿现在更大了。他十分沮丧。

有几个人围过来，知道情况后便问他："买鞋时为什么不用你的脚去穿一下，试试鞋的大小呢？"

他回答说："那可不成，测量的尺码才可靠，我的脚是不可靠的。我宁可相信尺码，也不相信自己的脚。"

田忌赛马

导 读

田忌以前赛马的办法总是一味硬拼，希望一局也不要输，结果因自己总体实力差那么一点，总是赛输。孙膑则巧妙运用自己的优势，先让掉一局，然后保存实力去确保后两局的胜利，这样便保证了整体的胜利。

齐国的将军田忌经常同齐威王赛马。他们赛马的规则是：双方各下赌注，比赛共设 3 局，两胜以上为赢家。然而每次比赛，田忌总是输家。

有一天，田忌赛马又输给了齐威王。回家后，田忌把赛马的事告诉了高参孙膑。孙膑是军事家孙武的后代，饱读兵书，深谙兵法，足智多谋。来到齐国后，很受田忌器重，被田忌尊为上宾。孙膑听了田忌谈他赛马总是失利的情况后，说："下次赛马你让我前去观战。"田忌非常高兴。

又一次赛马开始了。孙膑坐在赛马场上，很有兴趣地看田忌与齐威王赛马。第一局，齐威王牵出自己的上马，田忌也牵出了自己的上马，结果跑下来，田忌的马稍逊一筹。第二局，齐威王牵出了中马，田忌也以自己的中马与之相对。第二局跑完，田忌的中马也慢了几步而落后。第三局，两边都以下马参赛，田忌的下马又未能跑赢齐威王的马。看完比赛回到家里，孙膑对田忌说："我看你们双方的马，若以上、中、下三等对等的比赛，你的马都相应的差一点，但悬殊并不太大。下次赛马你按我的意见办，我保证你必胜无疑，你只管多下赌注就是了。"

比赛的日子到了，田忌与齐威王的赛马又开始了。第一局，齐威王出那头健步如飞的上马，孙膑却让田忌出下马，一局比完，自然是田忌的马远远落在后面。可是到第二局形势就变了，齐威王出中马，田忌这边对以上马，结果田忌的马跑在前面，赢了第二局。最后，齐威王只剩下下马，当然被田忌的中马甩在了后面。这一次，田忌以两胜一负而取得赛马胜利。

由于田忌按孙膑的吩咐下了很大的赌注，一次就把以前输给齐威王的钱都赚回来了，还有盈余。

智诲小偷

导　读

　　陈寔不失时机地给小偷和晚辈们上了一堂生动的德育课，也启发了我们，学习、工作方法不要太简单粗暴，要分析事物的本质，对犯了错误的人立足于挽救，往往能够收到比较好的效果。

❋　　❋　　❋　　❋　　❋

　　东汉时期，有个叫做陈寔（shí）的人，是个饱学之士，品行端正、道德高洁，远乡近邻的人因此都非常敬重他。陈寔不仅自己自觉自律，对儿孙们的要求也相当严格，常常抓住各种场合和机会教育他们，而且很注意方法，所以总能收到比较好的效果。

　　有一年洪水泛滥，淹没了大片村庄和良田，成千上万的人无家可归，到处逃荒。为此盗贼四处横行，天下很不太平。

　　一天夜里，有个小偷溜进了陈寔家里，正准备动手偷东西，忽然听得几声咳嗽，慌乱间，小偷一时找不到妥善的藏身之处，急中生智，顺着屋内的柱子爬到大梁上伏下身子，大气也不敢喘。

　　陈寔提着灯从里屋出来拿点东西，偶然间一抬头，瞥见了梁上的一片衣襟，他马上知道家里进贼了。他一点都不惊慌，也不赶紧抓小偷，而是从容不迫地把晚辈们全都叫起来，将他们召集到外屋，然后十分严肃地说道："孩子们啊，品德高尚是我们为人的根本，在任何情况下，我们都应该对自己高标准、严要求，不能够因为任何借口而放纵自己、走上邪路。有些坏人，并不是一出世就是天生的坏人，而是因为不能严格要求自己，慢慢地养成了坏的习惯，后来

36

想改都改不过来了，这才沦为了坏人。比如我家梁上的那位君子，就是这种情况。我们可不能因为一时的贫困而丢掉志气、自甘堕落啊！”

听了陈寔的一番教诲，小偷吃了一惊：原来自己早就被发现了。同时他又很为陈寔的话所感动：他不但没抓自己反而耐心教育自己。小偷羞愧难当，就翻身爬下梁来，向陈寔磕头请罪说：“您说得太好了，我错了，以后再也不干这种勾当，求您宽恕我吧。”陈寔和蔼地回答道：“看你的样子，也并不像个坏人，也是被贫穷所逼的吧。以后要好好反省一下，要改还来得及。”说完，他又吩咐家人取来几匹白绢送给小偷。小偷感激涕零，千恩万谢地走了。

从这以后，这一带就几乎再没有偷盗之类的事情发生了。

不识自己的字

导 读

张丞相自以为是，既不虚心，又爱坚持自己的错误，还强词夺理为自己辩护，结果越显出自己的愚蠢可笑。

宋朝有个丞相叫张商英，他有个爱好就是书法，他特别喜欢写草书，闲来无事，他便提笔龙飞凤舞一阵，甚是得意。其实，这张丞相的书法很不到家，字写得不合体统，他还孤芳自赏。当时，很多人都讥笑他，而他却不以为然，依然是我行我素，按他的老习惯写字。

一天饭后，张丞相小憩片刻，突然来了诗兴，偶得佳句，便当即叫小童磨墨铺纸，张丞相提起笔来，一阵疾书，满纸是一片龙飞蛇走，让人还着实难以辨认。张丞相写完后，摇头晃脑得意了好一阵，似乎还意犹未尽。于是叫来他的侄子，让侄子把这些诗句抄录下来。

丞相的侄子拿过纸笔，准备用小楷将诗句录下，可是他好半天才能辨认出一个字，时时碰到那些笔画曲折怪异之处，侄子只好连猜带蒙。可是有些地方，他实在是怎么也看不懂，不知从哪里断开才对。他没办法，只好停下笔来，捧着草稿去问张丞相。

张丞相拿着自己的大作，仔细看了很久也辨认不清，自己写的字自己都不认识了。他心里颇有些下不了台，便责骂侄子说："你为什么不早些来问呢？我也忘记是写的什么了！"

小吏烹鱼

导　读

子产能在郑国被人称为一个贤相，必然具备一定的才华。他被小吏所蒙骗的事实说明，一个有才学的人虽然难以被不合情理的话所蒙蔽，但不等于说他不会被合乎情理的话所欺骗。

✲　　　✲　　　✲　　　✲　　　✲

某一天，有人把一条鲜活的大鱼送到郑国子产的府上，以表达对这位贤相的恭敬。豪门大户平时并不缺一顿饭菜，所以子产便叫一个小吏把鱼放到池塘里养起来。

相府池塘里的鱼虽然很多，但并不是一个小吏所能轻易享用的。这次小吏见鱼就在手里，便悄悄拿回去煮着吃了。

事后，小吏报告子产说："我已经把那条鱼放到池塘里去了。您猜怎么着，那鱼刚一入水，呆头呆脑，稳不住身子。我当它是活不过来了。可是没过多久，鱼就缓过气来，甩了甩尾巴，一头钻进深水中去了。"子产高兴地说："好、好！这正是我们常说的'如鱼得水'。它找到合适的去处了。"

小吏见谎话没有被识破，从子产那里出来时很得意。他自言自语地说："都说子产很聪明，我看有点言过其实。鱼已经被我煮着吃了，他还以为它正在池塘里游得欢呢，嘴上不住地说什么'找到合适的去处了'。难道这合适的去处竟然是我的肚肠吗？哈哈！真有意思。"

不识车轭

导　读

　　一个人遇到了疑难事情，往往要请教别人。可是这个郑国人，既想请教别人，又不虚心，还要怀疑别人。他不知道自己的愚昧无知，却怀疑别人在欺骗自己。如此自以为是而又蛮横无理的人，真是愚蠢可笑。

　　✳　　　✳　　　✳　　　✳　　　✳

车轭（è）是驾车时套在牲口脖颈上的一种木制驾具，略微弯曲，有点像个"人"字形。

一天，一个郑国人走在路上捡到一个车轭。因为他从未套过牲口驾车，所以不认识这是个什么东西。回家后，他拿着车轭去问邻居说："这是个什么东西？"

邻居告诉他说："这是车轭。"

虽然这个郑国人知道了自己手里拿的这根弯木棒叫做"车轭"，但毕竟印象不深，他并没把这件事放在心上。第二天，这个人又在路上捡到一个车轭，他又拿去问邻居，邻居回答说："这是车轭。"

谁知这个郑国人听了以后，竟大怒。他说道："先前那个东西，你说是车轭，现在这一个，你又说是车轭，路上哪来这么多的车轭呢？我看这分明是你在骗我，你不是个好东西。"他说着、骂着，竟然抓起邻居的衣领同他打起架来。

不死之药

导 读

卫士得以活下来，并不是什么"不死之药"的魔力，而是全凭着卫士自己的聪明才智。他用了一个逻辑的两难推理与楚王辩论，戳穿了"不死之药"的谎言。这则寓言告诉我们，只要有科学的头脑，一个"小人物"也可以不畏君主的强暴，在坚持真理的斗争中作出贡献。

✿　　✿　　✿　　✿　　✿

有一个人拿着吃了可以长生不死的药来到楚国，要将这不死的药敬献给楚王。

宫廷的守门官捧着药进宫去，碰上宫中的卫士。卫士问："你拿的是什么好东西？"

守门官说："是不死的药。"

卫士说："是可以吃的吗？"

守门官说："当然是可以吃的呀。"

于是卫士从守门官手里夺过药就把它吃下去了。

楚王知道后，非常生气，立即派人去将卫士抓来，要将卫士斩首。可是卫士不慌不忙地对楚王说：

"大王先息怒，请听我说。我曾问过守门官这药能不能吃，他说可以吃，我才吃的。我是一个位居守门官之下的卑微小臣，我在征得守门官同意以后才吃那药的，因此我是无罪的。如果说那药是献给大王的，别人吃了就算是犯罪，那么这罪责应该由守门官来承担。再又说回来，如果那人献给大王您的真是不死之药，您就不该杀我，如果您把我杀了，那药岂不是死药吗？这么看来，那人把送给您的死药说成是不死之药而大王还准备重赏他，就说明他分明是在欺骗您。大王您如果杀了我一个无罪的小臣，等于是向世人宣布您被人欺骗的丑闻，大王您这样贤明的君主怎么也会被人欺骗呢？您倒不如饶恕我，把我放了，这么一来，世人将会称颂您的英明和大度。"

楚王听了卫士的一番话，觉得很有道理，于是下令把卫士放了。

害怕影子的人

导　读

　　故事中的人被自己的影子和脚印吓得魂飞魄散，实在愚蠢可笑。这则寓言启示我们盲目的敬畏、害怕只能是自寻烦恼。

❀　　❀　　❀　　❀　　❀

有一个人突然得了疑心病似的，走在路上发现总有一个黑影跟着自己，再瞧瞧地上，自己每走一步，还留下一个脚印，于是他心里十分惶恐。他走几步就朝后看看，一串脚印一直连到他的脚下，一个黑影与脚印连在一起，他害怕极了，总想摆脱这个黑影和这些脚印。他紧走慢走，影子也紧跟慢跟，他怎么也摆脱不了它们。

这个人走呀走呀，心烦意乱、诚惶诚恐。当他路过朋友家门口时，他实在累得很，便进到朋友家里去歇会儿，喘息一下。待他进了朋友家门，发现影子不见，他才算长长嘘了一口气，说："这下好了，这下好了。"

朋友见他这般模样，很是奇怪，问他出了什么事，他又不好意思开口说实话，便支吾着说："没什么没什么，我只是走累了，想在你这里坐会儿。"

跟朋友聊了会儿天，休息了好半天，又见影子、脚印都没有了，这个人准备起身回家。于是他向朋友告辞，出门回家。当他一走在路上，发现影子、脚印又出现了，依然是一步不落地紧跟着自己。这一下他可更加害怕了，他使劲地奔跑起来，企图甩掉影子和脚印。可是他跑得越快影子也跟得越快，他跑的步子越多脚印也越多。他想，可能是自己跑得不快才甩不掉影子的，于是他更加拼命地跑，一下也不敢停，甚至路过家门口时也不敢回去，他害怕把影子和脚印带回家去。他就这样拼命地奔跑不停，最后终于跑得精疲力竭、心力交瘁而死去了。

愚人得燕石

导　读

　　一个人缺少知识并不可怕，可怕的是像那个把燕石当成宝玉的宋国人一样，既孤陋寡闻，又不懂装懂，听不进别人的忠告，做了蠢事还自以为得意。

✳　　✳　　✳　　✳　　✳

宋国有一个愚蠢的人，他在山东临淄附近捡到一块颜色像玉的石头，其实这不过是一块普通的燕石，由于这个人没有见识，他惊喜得不得了，以为捡到了值钱的宝贝。他双手捧着这块燕石，一会儿把它贴在脸上，一会儿用手小心地抚摸。回到家里以后，还一个劲地盯着燕石看了又看，舍不得放手。

晚上，这个人要睡觉了，只好把石头放进柜中。他刚躺下一会儿，觉得心里很不踏实，于是起身从柜中取出"宝贝"，把它放在枕头下，这才安心地睡去。可是他睡着以后，迷迷糊糊在梦中发觉有人偷走了他枕头下的"宝贝"，于是他又从梦中惊醒了。他翻开枕头一看，那"宝贝"在枕头下面安然无恙。可是这个人依然不放心，于是又将石头紧紧握在手中钻进被子里，将石头搭在胸前，这才睡着。就这样折腾了一夜，他好不容易熬到第二天天亮。

这个人想，总是将宝贝握在手里也不是个办法。于是他请来工匠，用上好的牛皮做了一只装燕石的箱子。这皮箱共有 10 层牛皮。愚蠢的燕人先用 10 层上好的丝绸将石头仔细包裹好，然后小心翼翼地把它放进皮箱里收藏起来。这样，他才满意了。

过了些日子，外地有一个客人听说这个人得了至宝，特地找到他家里请求观赏一下宝石。于是这个宋国人在虔诚地斋戒 7 日之后，穿上端庄的礼服，又举行了隆重的祭祀，这才当着客人的面，十分郑重地打开一层又一层皮革做的箱子；解开一层又一层丝绸巾系成的包裹。那个外地客人好不容易地看到了这个宋国蠢人所谓的"宝石"，禁不住捂着嘴"嗤"的一声笑起来，竟笑得前仰后合。宋国人大惑不解，瞪着一双傻呆呆的眼睛望着客人问："你为什么如此发笑？"

这位客人止了笑，认真地对他说："这只不过是一块燕石，和普通的砖头瓦片没多大区别。"

宋人听了大怒。他指着客人说："胡说！你这是商人口中说出的话，你安的是骗子的心！"

那个外地客受辱后扫兴地走了。而这个宋国的蠢人则把这块燕石更加严密地藏起来，更加倍小心地守护着它。

三、美丽与丑陋

外貌只能取悦一时，内心美方
能经久不衰。

——歌德

美丑标准

导　读

　　炫耀外表美，踞美自傲是浅薄的丑陋；自尊自爱、谦逊待人才是美的境界。表面的美是暂时的，内在的美才是永恒的。内在美才是我们应追求的真正美。

✱　　✱　　✱　　✱　　✱

　　阳朱到宋国，投宿在一家客栈里。店主人热情地接待阳朱，并向他介绍自己的家人。阳朱发现主人有两位小妾，一位长得亭亭玉立，楚楚动人，而另一位却相貌丑陋。偏偏令人不理解的是，店主宠爱丑陋而轻贱漂亮。阳朱怀着好奇心，想打听个究竟，便询问缘由。

　　店主人回答说："那个漂亮的自恃美貌却轻视他人，傲气得不得了，我越看她，越觉得丑；这位看似丑陋的心地善良，待人谦和，知情达理，令我越看越觉漂亮，我一点也不认为她不漂亮。"说到这里，正好漂亮的那位小妾昂首挺胸地走过来。主人连看都不看她一眼，对阳朱说："瞧这德性，这模样，实在叫人生厌，她哪里知道什么叫美，什么为丑！"

　　阳朱在店主人的一番启发下，很受教育。他认为，外形固然很重要，品行却是更重要的标准。一个人若貌美再加上品格高尚，那就一定会受到人们的爱戴。若相貌不理想而心灵美，也会获得尊重。

　　对美与丑从来有两条标准：追求外在美，是表面的、肤浅的；崇尚内在美，是本质的、富有内涵的。

脍炙人口的寓言故事

感受内美

导 读

　　这个故事告诉我们，只有内在的美才可靠长久，值得追求和尊崇。虽然外在的容貌、身材、风采和权位、财产等很吸引人，可内在的品德、学识、才能和真诚、自信给人的感受则更有魅力。

✳ ✳ ✳ ✳ ✳

　　春秋时期，卫国有个名叫哀骀（tái）它（tuó）的人，他的容貌很丑陋，可不管是男人还是女人都非常喜欢和他交往，相处亲近随和，舍不得离去。有一些女人甚至说："与其做别人的妻子，还不如做他的小妾。"

　　他一无权位二无财产，也没有什么高深的理论和显赫的功绩，可是外表粗陋、其貌不扬的这位丑人却受到几乎所有人的喜爱和赞美，这使得鲁国的鲁哀公惊异不已，于是就派人把他从卫国请回鲁国加以考察。相处不到一个月，鲁哀公觉得他在平淡中确有不少过人之处，不到一年，就很信任他了。不久，宰相的位置空缺，鲁哀公便让他上任管理国事，可他却淡淡然无心做官，虽在再三要求下参议了国事，但不久他还是谢辞了高位厚禄，回他在卫国的陋室去了。

　　对此，鲁哀公求教于孔子："他究竟是怎样一种人呢？"孔子借喻道："我曾经在楚国看见一群小猪在刚死的母猪身上吃奶，一会儿都惊恐地逃开了，因为小猪发现母猪已不像活着时那样亲切。可见小猪爱母猪不是爱它的形体，而是爱主宰它形体的精神，爱它内在的品性。哀骀它这个人虽然外表不美，但他的品德和才情等内在之美必定已超越一般人很多，所以您和许多人才喜欢他。"

东施效颦

导 读

　　东施只知道西施皱眉的样子很美，却不知道她为什么很美，而去简单模仿她的样子，结果反被人讥笑。看来，盲目模仿别人的做法是愚蠢的。只有适合自己的形象与气质的装扮才是美丽的。

✿　　　✿　　　✿　　　✿　　　✿

　　春秋时代，越国有一位美女名叫西施。她的美貌简直到了倾国倾城的程度。无论是她的举手投足，还是她的音容笑貌，都惹人喜爱。西施略用淡妆，衣着朴素，走到哪里，哪里就有很多人向她行"注目礼"，没有人不惊叹她的美貌。

　　西施患有心口疼的毛病。有一天，她的病又犯了，只见她手捂胸口，双眉皱起，流露出一种娇媚柔弱的女性美。当她从乡间走过的时候，乡里人无不睁大眼睛注视。

　　邻家有一个丑女子，不仅相貌难看，而且没有修养。她平时动作粗俗，说话大声大气，却一天到晚做着当美女的梦。今天穿这样的衣服，明天梳那样的发式，仍然没有一个人说她漂亮。

　　这一天，她看到西施捂着胸口、皱着双眉的样子竟博得这么多人的青睐，回去以后，也学着西施的样子，手捂胸口、紧皱眉头，在村里走来走去。哪知这丑女的矫揉造作使她原本就丑陋的样子更难看了。结果，富人看见丑女的怪模样，马上把门紧紧关上；乡间的穷人看见丑女走过来，马上拉着妻子、带着孩子远远地躲开。人们见了这个怪模怪样模仿西施心口疼在村里走来走去的丑女人简直像见了瘟神一般。于是讥讽地称她为"东施"。

齐人有一妻一妾

导 读

寓言中的齐国男子好逸恶劳，为贪图享受而抛弃了人格，讽刺了剥削阶级的人生观。齐国男子的丑恶嘴脸正是封建官僚腐败、无耻的写照。

✲ ✲ ✲ ✲ ✲

齐国有一名男子，与一妻一妾住在一起。他常常独自一人外出，然后酒足饭饱而归。这人的妻子感到有些奇怪，心想："没听说他在外面做什么大事，家里妻妾又没有过什么好日子，他怎么有钱经常在外大吃大喝呢？"于是便问其原因。她男人说道："我在外面结交的都是些富贵家的人，人家三天一大宴、两天一小宴，请我去还用花钱吃酒肉？"

这人的妻子半信半疑。她悄悄对那妾说："我们的男人每次出去，总是吃饱了酒肉才回来。我问他经常跟什么人在一起吃喝，他说都是些富贵家的人。可是我们家从来都不曾有一位贵客登门呀！看来我要了解一下这究竟是怎么一回事。"

第二天，齐人的妻子起了个大早。她躲躲闪闪地尾随在自己的男人身后。但是走遍了全城，都没见到有谁和自己的男人讲一句话。夫妻俩一前一后地在城里转了一阵子，忽然，女人看见丈夫朝东门外走去，于是紧跟了上去。哪知道东门外是一块坟地。她只见自己的男人走东头、窜西头，向各家上坟的人乞讨着剩下的残酒冷菜。这女人一下子全明白了。她气呼呼地跑回家去，把真相一五一十地告诉了那妾，并且伤心地说："男人是我们女人的终身依靠，没想到咱们的男人竟然这么不争气。"这两个女人你一言我一语地数落那男人的不是，为自己这辈子命苦而痛哭流涕。

那男人并不知道自己在坟地里行乞的事已经露馅，回家后仍像往常一样得意洋洋地在其妻妾面前夸耀与贵人聚会的热闹场面。妻子和妾都冷面相向，再也不信他的虚夸。

人贵有自知之明

导 读

这则寓言告诉我们，人在一片赞扬声里一定要保持清醒的头脑，特别是居于领导地位的人，更要有自知之明，才能不至于迷失方向。只有时刻警醒自己不要被外界的赞扬迷惑，才能正确认识自我。

❋   ❋   ❋   ❋   ❋

齐威王的相国邹忌长得相貌堂堂，身高 8 尺，体格魁梧，十分漂亮。与邹忌同住一城的徐公也长得一表人才，是齐国有名的美男子。

一天早晨，邹忌起床后，穿好衣服、戴好帽子，信步走到镜子面前仔细端详全身的装束和自己的模样。他觉得自己长得的确与众不同、高人一等，于是随口问妻子说："你看，我跟城北的徐公比起来，谁更漂亮？"

他的妻子走上前去，一边帮他整理衣襟，一边回答说："您长得多漂亮啊，那徐先生怎么能跟您比呢？"

邹忌心里不大相信，因为住在城北的徐公是大家公认的美男子，自己恐怕还比不上他，所以他又问他的妾，说："我和城北徐公相比，谁漂亮些呢？"

他的妾连忙说："大人您比徐先生漂亮多了，他哪能和大人相比呢？"

第二天，有位客人来访，邹忌陪他坐着聊天，想起昨天的事，就顺便又问客人说："您看我和城北徐公相比，谁漂亮？"客人毫不犹豫地说："徐先生比不上您，您比他漂亮多了。"

邹忌如此作了三次调查，大家一致都认为他比徐公漂亮。可是邹忌是个有头脑的人，并没有就此沾沾自喜，认为自己真的比徐公漂亮。

恰巧过了一天，城北徐公到邹忌家登门拜访。邹忌第一眼就被徐公那气宇轩昂、光彩照人的形象怔住了。两人交谈的时候，邹忌不住地打量着徐公。他自觉自己长得不如徐公。为了证实这一结论，他偷偷从镜子里面看看自己，再调过头来瞧瞧徐公，结果更觉得自己长得比徐公差。

晚上，邹忌躺在床上，反复地思考着这件事。既然自己长得不如徐公，为什么妻、妾和那个客人却都说自己比徐公漂亮呢？想到最后，他总算找到了问题的结论。邹忌自言自语地说："原来这些人都是在恭维我啊！妻子说我美，是因为偏爱我；妾说我美，是因为害怕我；客人说我美，是因为有求于我。看起来，我是受了身边人的恭维赞扬而认不清真正的自我了。"

楚王好细腰

导 读

　　"楚王好细腰"的闹剧说明：上有所好，下必趋焉。楚灵王以个人的好恶去规范臣下的行为，并以此决定亲疏，这就必然会引起下属臣僚的刻意逢迎和拼命邀宠。如此上下互动，渐成风气，势必会酿出大祸，危害国家，毁掉个人。这个寓言故事，对于今天的人们如何安身立命，不失为一个深刻的教训。

✿　　　✿　　　✿　　　✿　　　✿

　　从前，楚灵王喜欢在上朝时看到臣子们个个有如杨柳般婀娜多姿的细腰身，他认为只有这样才叫赏心悦目，才能使满堂熠熠生辉。有些生得苗条柔弱的大臣还因此受到了楚灵王的赞美、提拔和重用。

　　这样一来，满朝的文武大臣们为了赢得楚灵王的欢心和宠信，便千方百计地实行减肥，拼命使自己的腰围变小。他们不约而同地注意节制饮食，强迫自己一天只吃一餐饭，为此经常饿得头昏眼花也在所不惜；有的大臣更是摸索出了一套快速减肥的绝招，那就是在每天早晨起床穿衣时，首先做几次深呼吸，挺胸收腹，然后将气憋住，再用宽带将腰部束紧。经过这样一番折腾之后，许多人便渐渐失去了独立支撑身体的能力，往往需要扶住墙壁才能勉强站立起来。

　　如此这般，经过整整一年的折磨后，楚国的满朝文武官员们全都变成了面黄肌瘦、形容枯槁、弱不禁风的废物，没有人能担当得起治理国家、保卫疆土的重任。楚国人民怨声载道，边境动乱不安，

脍炙人口的寓言故事

眼看国家一日比一日弱小下去。

替景公占梦

导 读

　　在名和利面前，晏子与占梦人都有一个正确的态度，既不夺人之功，也不掠人之美，真诚谦让，这种君子之风值得后人效法与发扬，是值得传颂的美德。

＊　　＊　　＊　　＊　　＊

　　齐景公得了病，已经十几天卧床不起了。这天晚上，他突然梦见自己与两个太阳搏斗，结果败下阵来，惊醒后竟吓出了一身冷汗，吓得睡意全无。

　　第二天，晏子来拜见齐景公。齐景公不无担忧地问晏子："我在昨夜梦见与两个太阳搏斗，我却被打败了，这是不是我要死了的先兆呢？"晏子想了想，就建议齐景公召一个占梦人进宫，先听听他如何释这个梦，然后再做处理。齐景公于是委托晏子去办这件事。

　　晏子出宫以后，立即派人用车将一个占梦人请来，占梦人问："您召我来有什么事呢？"晏子遂将齐景公做梦的情景及其担忧告诉了占梦人，并请他进宫为之释梦。占梦人对晏子说："那我就反其意对大王进行解释，您看可以吗？"晏子连忙摇头说："那倒不必。因为大王所患的病属阴，而梦中的双日属阳。一阴不可能战胜二阳，所以这个梦正好说明大王的病就要痊愈了。你进宫后，只要照这样直说就行了。"

　　占梦人进宫后，齐景公问道："我梦见自己与两个太阳搏斗却不能取胜，这是不是预兆我要死了呢?"占梦人按照晏子的指点回答说:"您所患的病属阴，而双日属阳，一阴当然难敌二阳，这个梦说明您的病很快就会好了。"

齐景公听后，不觉大喜。由于放下了思想包袱，加之合理用药和改善饮食，不出数日，果然病就好了。为此，他决定重赏占梦人。可是占梦人却对齐景公说:"这不是我的功劳，是晏子教我这样说的。"齐景公又决定重赏晏子，而晏子则说:"我的话只有由占梦人来讲，才有效果;如果是我直接来说，大王一定不肯相信。所以，这件事应该是占梦人的功劳，而不能记在我的名下。"

最后，齐景公同时重赏了晏子和占梦人，并且赞叹道:"晏子不与人争功，占梦人也不隐瞒别人的智慧，这都是君子所应具备的可贵品质啊。"

山鸡起舞

导　读

山鸡的确美丽，但它的虚荣心也实在太强了，以至于受人愚弄。我们可不能让虚荣心、好胜心战胜了理智，否则就会遭到惨败。

❋　　　❋　　　❋　　　❋　　　❋

山鸡天生美丽，浑身都披着五颜六色的羽毛，在阳光的照耀下熠熠生辉、鲜艳夺目，叫人赞叹不已。山鸡也很为这身华羽而自豪，非常怜惜自己的美丽。它在山间散步的时候，只要来到水边，瞧见水中自己的影子，它就会翩翩起舞，一边跳舞一边骄傲地欣赏水中倒映出的自己那绝世无双的舞姿。

魏武帝曹操当政的时候，有人从南方献给他一只山鸡。曹操十分高兴，召来了有名的乐工，为他奏起动听的曲子，好让山鸡跳舞歌唱。乐工卖力地又吹又打，可是山鸡却一点都不买账，充耳不闻，既不唱也不跳。曹操的手下人拿来美味的食物放在山鸡面前，山鸡连看都不看，无精打采地耷拉着脑袋走来走去。就这样，任凭大家想尽了办法，使尽了手段，始终都没办法逗得山鸡起舞。

曹操非常扫兴，气恼不已，斥责手下人说："你们这么多人，连一只山鸡都对付不了，还怎么做大事！"

曹操有一位十分钟爱的小儿子，名字叫做曹冲。曹冲自幼聪明伶俐，又博览群书、见识渊博。这时候，他动了动脑子，有了主意，于是就走上前对曹操说："父王，儿臣听说山鸡一向为自己的羽毛感到骄傲，所以一见到水中有自己的倒影，就会跳起舞来欣赏自己的美丽。何不叫人搬一面大镜子来放在山鸡面前，这样山鸡顾影自怜，就会自动跳起舞来了。"

曹操听了拍手称妙，马上叫人将宫中最大的镜子抬过来，放在山鸡面前。

山鸡慢悠悠地踱到镜子跟前，一眼看到了自己无与伦比的丽影，比在水中看到的还要清晰得多。它先是拍打着翅膀冲着镜子里的自己激动地鸣叫了半天，然后就扭动身体、舒展步伐，翩翩地跳起了优美的舞姿。

山鸡迷人的舞姿让曹操看得呆了，连连击掌，赞叹不已，也忘了叫人把镜子抬走。

可怜的山鸡，对影自赏，不知疲倦，无休无止地在镜子面前拼命地又唱又跳。最后，它终于耗尽了最后一点力气，倒在地上无声地死去了。

无价之宝

导　读

　　龙门子所说的"至宝"，就是指人们自身的美德。只有高尚的道德品质、完美的精神生活，才是真正值得人们去追求的无价之宝。

　　✳　　　✳　　　✳　　　✳　　　✳

　　有一天，西域来了一个经商的人将珠宝拿到集市上出售。这些珠宝琳琅满目，全都价值不菲。特别是其中有一颗名叫"珊"的宝珠更是引人注目。它的颜色纯正赤红，就像是朱红色的樱桃一般，直径有一寸，价值高达数十万钱以上，引来了许多人围观，大家都啧啧称奇，赞叹道："这可真是宝贝啊！"

　　恰好龙门子这天也来逛集市，见了好多人围着什么议论纷纷，便也带着弟子挤进了人群。龙门子仔细瞧了瞧珠宝，开口问道："珊可以拿来填饱肚子吗？"商人回答说："不行。"龙门子又问："那它可以治病吗？"商人又回答说："不行。"龙门子接着问："那能够驱除灾祸吗？"商人还是回答："不能。""那能使人孝悌吗？"回答仍是"不能"。龙门子说道："真奇怪，这颗珠子什么用都没有，价钱却超过了数十万，这是为什么呢？"商人告诉他："这是因为它产在很远很远没有人烟的地方，要动用大量的人力物力，历经不少艰险，吃不少苦头，好不容易才能得到它，它是非常稀罕的宝贝啊！"龙门子听了，只是笑了一笑，什么也没说便离开了。

　　龙门子的弟子郑渊对老师的问话很不解，不禁向他请教。龙门子便教导他说："古人曾经说过，黄金虽然是重宝，但是人生吞了它就会死，就是它的粉末掉进人的眼睛里也会致瞎。我已经很久不去追求这些宝贝了，但是我身上也有贵重的宝贝，它的价值绝不只值数十万，而且水不能淹没它，火也烧毁不了它，风吹日晒全都丝毫无法损坏它。用它可以使天下安定；不用它则可以使我自身舒适安然。人们对这样的至宝不知道朝夕去追求，却把寻求珠宝当作唯一要紧的事，这岂不是舍近求远吗？看来人心已死了很久了！"

齐王嫁女

导　读

有些事情虽没什么直接的联系，但道理是相通的，如果吐不以自己亲身的感受去举一反三地思考生活中的现象，说不定就会要娶回一个自己不喜欢的丑妻了。

有一个名叫吐的人，经营宰牛卖肉的生意，由于他聪明机灵，经营有方，因此生意做得还算红火。

一天，齐王派人找到吐，那人对吐说："齐王准备了丰厚的嫁妆，打算把女儿嫁给你做妻子，这可是大好事呀！"

吐听了，并没有受宠若惊，而是连连摆手说："哎呀，不行啊。我身体有病，不能娶妻。"

那人很不理解地走了。

后来，吐的朋友知道了这件事，觉得奇怪，吐怎么这么傻呢？于是跑去劝吐说："你这个人真傻，你一个卖肉的，整天在腥臭的宰牛铺里生活，为什么要拒绝齐王拿厚礼把女儿嫁给你呢？真不知你是怎么想的。"

吐笑着对朋友说："齐王的女儿实在太丑了。"

吐的朋友摸不着头脑，问："你见过齐王的女儿？你何以知道她丑呢？"

吐回答说："我虽没见过齐王的女儿，可是我卖肉的经验告诉我，齐王的女儿是个丑女。"

朋友不服气地问："何以见得？"

吐胸有成竹地回答说："就说我卖牛肉吧，我的牛肉质量好的时候，只要给足数量，顾客拿着就走，我用不着加一点、找一点的，顾客感到满意，我呢，唯恐肉少了不够卖。我的牛肉质量不好的时候，我虽然给顾客再加一点这、找一点那，他们依然不要，牛肉怎么也卖不出去。现在齐王把女儿嫁给我一个宰牛卖肉的，还加上丰厚礼品财物，我想，他的女儿一定是很丑的了。"

吐的朋友觉得吐说得十分在理，便不再劝他了。

过了些时候，吐的朋友见到了齐王的女儿，齐王的女儿果然长得很难看。这位朋友不由得暗暗佩服吐的先见之明。

依人门户

导 读

桃符和艾草都只看到对方的短处，自身本没有值得炫耀的地方却争论不休，实在可笑。真正的美德与才干是争不来的。

✿   ✿   ✿   ✿   ✿

从前，每逢新春佳节到来，人们都要在自家的门两旁贴上桃符，写上一些吉祥喜庆的话，为的是祈祷新的一年人丁兴旺，五谷丰登，做什么事都有好兆头。这些桃符一般都要贴到下一个新年才换掉。

到了端午节，各家各户又用艾草扎成一个人的形状挂在门框上方，利用艾草的气味来驱除蚊蝇害虫，消除毒气瘴气。

有一天，门边的桃符一抬头，看见门框上用艾草扎成的小人挂在那里，便十分生气，于是对艾草骂道："你是什么东西，竟敢占据我的上位？"

艾草弯腰看了看已经破旧褪色的桃符，不服气地说："你都已经半截身子埋进土里去了，还有什么脸来跟我争上位下位，你生来就只配在我的下面！"

桃符见小艾草人这么傲慢，更生气了，便又说："我起码是出自文人之手，和笔墨香味有联系，我的出身高雅。而你，来自田边野地的一把蒿草，用几截破绳一缠，配挂在我的上边么？自己也不瞧瞧自己是副什么模样！"

艾草人一点儿也不示弱，冷笑着说："管你高雅不高雅，瞧你风烛残年，主人早将你忘了，眼下注重的却是我……"

就这样，桃符和艾草你一句我一句，彼此争辩不休，他们吵闹的声音越来越大，以至于惊动了门神。门神出来劝解正在争论的桃符和艾草人，他说："两位兄弟，我看还是不要再争吵了吧。我们这等人，本来就没什么大本事，现在只不过是依附在人家的门户上才得以安身混日子，还怎么好意思去争什么高低上下呢？"

一番话，说得桃符和艾草人都惭愧地低下了头。

四、诚信与狡诈

道德常常能填补智慧的缺陷，而智慧却永远填补不了道德的缺陷。

——但丁

邻人献玉

导　读

　　狡诈的邻人因骗取的玉石而受赏食禄，而善良的农夫却还蒙在鼓里一点也不知道。邻人的狡诈与农夫的憨厚形成了鲜明的对比。

❋　　　❋　　　❋　　　❋　　　❋

　　魏国的一个农夫有一次在犁田时突然听到一声震响。他喝住耕牛，刨开土层一看，原来是犁铧撞上了一块直径一尺、光泽碧透的异石。农夫不知是玉，所以跑到附近田里请邻人过来观看。那邻人一看是块罕见的玉石，于是起了歹心。他编了一套谎话对农夫说："这是个不祥之物，留着它迟早会生祸患。你不如把它扔掉。"农夫一时还拿不定主意。他心想："这么漂亮的一块石头，假如不是怪石，扔掉了多么可惜。"农夫犹豫了一会儿，最后还是决定把它拿回家去，先在屋外的走廊上观察一下，看看到底是怎么一回事。

　　那天夜里，宝玉忽然光芒四射，把整个屋子照得像白昼一样。农夫全家人被这种神奇的景象惊呆了。农夫又跑去找那邻人。邻人趁机吓唬他说："这就是石头里的妖魔在作怪。你只有马上把这块怪石扔掉才能消灾除祸！"听了这话以后，农夫急忙把玉石扔到了野地里。时隔不久，那邻人跑到野外把玉石搬回了自己家。

　　第二天，那邻人拿这块玉石去献给魏王。魏王把玉工召来品评其价值。那玉工一见这块玉石，不觉大吃一惊。他急忙朝魏王跪下，连连叩头，然后起身对魏王说："恭喜圣上洪福，您得到了一块稀世

脍炙人口的寓言故事

珍宝。我虽然当了这么多年的玉工，还从来没有见过这样大、这样好的玉石。"魏王问："这块玉石值多少钱？"玉工说："这是一件无价之宝，难以用金钱计算它的价值。世上的繁华都市里有各种各样的玉石，但没有哪一块能与它媲美。"魏王听了这话以后大喜，当即赏给献玉者一千斤黄金，同时还赐予他终生享用大夫俸禄的待遇。

邻人因魏王的赏赐从此过上了优裕的生活，而拾得宝玉的农夫依然过着躬耕的艰苦日子。

不曾杀陈佗

导 读

这则寓言告诉我们，一个人应该用诚实、谦虚的态度去对待知识。不懂装懂的做法既会妨碍自己的求知进步，又会闹出愚昧无知的笑话来。

❋　　❋　　❋　　❋　　❋

有一个人想拜见县官求个差事。为了投其所好，他事先找到县官手下的人，打听县官的爱好。

他向县官的随从问道："不知县令大人平时都有什么爱好？"

县官手下的人告诉他说："县令无事的时候喜欢读书。我经常看到他手捧《公羊传》读得津津有味，爱不释手。"

这个人把县令的爱好记在心里，满怀信心地去见县官。县官问他："你平时都读些什么书？"

他连忙讨好地回答说："别的书我都不爱看，一心专攻《公羊传》。"

县官接着问他："那么我问你，是谁杀了陈佗呢？"

这个人其实根本就没读过《公羊传》，不知陈佗是书中人物。他想了半天，以为县官问的是本县发生的一起人命案，于是吞吞吐吐、战战兢兢地回答说："我平生确实不曾杀过人，更不知有个叫陈佗的人被杀。"

县官一听，知道这家伙并没读过《公羊传》，才回答得如此荒唐可笑。县官便故意戏弄他说："既然陈佗不是你杀的，那么你说说，陈佗到底是谁杀的呢？"

这人见县官还在往下追问，更加惶恐不安起来，于是吓得狼狈不堪地跑出去了，连鞋子也来不及穿。别人见他这副模样，问他怎么回事，他边跑边大声说："我刚才见到县官，他向我追问一桩杀人案，我再也不敢来了。等这桩案子搞清楚后，我再来吧。"

贵在认真

导　读

一分耕耘，一分收获。种庄稼是这样，干其他任何事都是这样。只有认真负责，通过艰苦细致的劳动才能达到理想的效果。认真是做好任何事情的保证和前提。

✽　　　✽　　　✽　　　✽　　　✽

封疆官吏出任长梧的地方官。不日，他碰到孔子的学生子牢。三句话不离本行，他与子牢探讨治理地方、管理长梧的方法。

古时封建官吏被百姓尊称为封人。封人和子牢谈得很投机。他讲到自己的治理经验，认为处理政务绝不能鲁莽从事，管理百姓更不可简单粗暴。

从治理之道又谈到种田之道。封人说自己曾种过庄稼。那时，耕地马马虎虎，无所用心，果实结出来稀稀拉拉；锄草粗心大意，锄断了苗根和枝叶，一年干下来，到了收获季节，收成无几。

听了封人的讲叙后，子牢很关心地打听他以后的状况。

封人吃一堑长一智，总结自己种田的教训，第二年便改变了粗枝大叶的态度。他告诉子牢，自己从此开始深耕细作，认真除草，细心护理庄稼，想不到当年获得好收成，一年下来丰衣足食。

有了种田的失败和成功，封人悟出一条道理，做任何事都贵在认真。现在他出任地方官，便守住这条做人的准则。

子牢也常常拿封人的事教育他人为人做事贵在认真。

老鼠装死

导 读

一只老鼠，其体能和智能远不是人类的对手，但是这不等于说人类与一个弱小的对手相比，没有自己的短处。书童因为只看到了人类具有思维能力的长处，而忽视了老鼠求生的乖巧和逃生的敏捷，所以被弱小的对手所捉弄。这一故事告诉我们，谦虚谨慎、不骄不躁的作风，不仅是一个人取得节节长进的关键，而且是排除各种困难、克敌制胜的法宝。

✳   ✳   ✳   ✳   ✳

苏轼在一次夜读中忽然听到一阵老鼠啃东西的声音。他估计这声音是从床下传出来的，于是用手在床上使劲地拍打了几下，想借此把老鼠吓跑。然而这种办法收效并不大，仅仅安静了一会，老鼠又不停地啃起东西来了。

夜里老鼠啃东西的声音既令人心烦，又让人恼怒，因此，苏轼吩咐书童去捉老鼠。

书童端着烛台往床下一照，发现咕唧咕唧的声音是从一个被绳子系住了口的严实袋子里发出的，于是高兴地说道："哈哈，老鼠被关在袋子里面了，它还能往哪儿跑呢？"书童小心翼翼地解开系紧袋口的绳子，只让袋口露出一条狭窄的缝隙，试图等老鼠刚一露头就捉住它。可是书童等呀等呀，不仅没有等到老鼠出来，而且连一点响声也听不到了。因此，他感到非常奇怪。为了弄个水落石出，书童打开袋口，端起蜡烛把袋子里面照了个通亮。他发现袋中一动不动地躺着一只死老鼠。书童惊讶地说道："这真是怪事！刚才这袋子里分明有一只啃东西的活老鼠，它怎么会突然间死去呢？如果这只老鼠刚才就是一只死老鼠，那么啃东西的声音难道是鬼发出来的吗？"

好奇心驱使书童进一步往下一探究竟。他两手抓着袋底的两只角，把袋子往上一提，然后用力抖了几下，想把袋子抖落一空，看个结果。可是袋子里面除了老鼠没有旁物。他只听见老鼠落地"嘭"地一响，还没来得及去捡那只死鼠，却看到死鼠突然复活，一溜烟就逃走了。

苏轼被老鼠的吵闹折腾了半天，结果老鼠把他的书童弄了一个措手不及就溜掉了，因此心里很不愉快。他恨恨地说道："想不到一只老鼠有这么狡猾！它无法咬破坚固的袋子逃跑，就用啃咬之声招人来解开袋口；当你守候在袋口伺机去捉它的时候，它却装死蒙骗你放松警惕。一个小动物耍出的狡猾花招居然骗得过人，这实在是一件令人可恨的事情！"

楚王的宽容

导读

如果我们都能正确分析问题，从大处着眼，不以眼前小事来干扰我们的心智，有时，坏事能变成好事。楚庄王以诚待人，自然也受到别人的诚挚忠心。

✿　　✿　　✿　　✿　　✿

一次，楚庄王因为打了大胜仗，十分高兴，便在宫中设盛大晚宴，招待群臣，宫中一片热火朝天。楚王也兴致高昂，叫出自己最宠爱的妃子许姬，轮流替群臣斟酒助兴。

忽然一阵大风吹进宫中，蜡烛被风吹灭，宫中立刻漆黑一片。黑暗中，有人扯住许姬的衣袖想要亲近她。许姬便顺手拔下那人的帽缨并赶快挣脱离开，然后许姬来到庄王身边告诉庄王说："有人想趁黑暗调戏我，我已拔下了他的帽缨，请大王快吩咐点灯，看谁没有帽缨就把他抓起来处置。"

庄王说："且慢！今天我请大家来喝酒，酒后失礼是常有的事，不宜怪罪。再说，众位将士为国效力，我怎么能为了显示你的贞洁而辱没我的将士呢？"说完，庄王不动声色地对众人喊道："各位，今天寡人请大家喝酒，大家一定要尽兴，请大家都把帽缨拔掉，不拔掉帽缨不足以尽欢！"

于是群臣都拔掉自己的帽缨，庄王再命人重又点亮蜡烛，宫中一片欢笑，众人尽欢而散。

3年后，晋国侵犯楚国，楚庄王亲自带兵迎战。交战中，庄王发现自己军中有一员将官，总是奋不顾身，冲杀在前，所向无敌。众将士也在他的影响和带动下，奋勇杀敌，斗志高昂。这次交战，晋军大败，楚军大胜回朝。

战后，楚庄王把那位将官找来，问他："寡人见你此次战斗奋勇异常，寡人平日好像并未对你有过什么特殊好处，你是为什么如此冒死奋战呢？"

那将官跪在庄王阶前，低着头回答说："3年前，臣在大王宫中酒后失礼，本该处死，可是大王不仅没有追究、问罪，反而还设法保全我的面子，臣深深感动，对大王的恩德牢记在心。从那时起，我就时刻准备用自己的生命来报答大王的恩德。这次上战场，正是我立功报恩的机会，所以我才不惜生命，奋勇杀敌，就是战死疆场也在所不辞。大王，臣就是3年前那个被王妃拔掉帽缨的罪人啊！"

一番话使楚庄王和在场将士大受感动。楚庄王走下台阶将那位将官扶起，那位将官已是泣不成声。

鳖与主人

导 读

鳖怒斥那个伪善的主人的恶行，正好揭露了某些伪君子虚伪狡诈的真面目，他们明明要干坏事，却还冠冕堂皇地假装仁义道德，实在叫人可耻。

❋　　❋　　❋　　❋　　❋

有一个人捉到了一只鳖，他十分高兴地把鳖带回家。打算把鳖杀了，然后煮熟美美地吃一顿，可是他又不愿意承担杀害生灵的恶名。怎么办呢？他想了一个办法。

这个人将锅里盛满了水，用大火将水烧得滚开，再在锅上横搁一根细竹棍子，然后，他装着和鳖商量的样子对鳖说："听说你很会爬，我想看看你的本领。如果你能为我表演一次，从这根竹棍上爬过去，我就一定放了你！"

可怜的鳖看了看锅里烧得滚烫的水还在上下翻腾，热气直往上蹿，如果在细竹棍上爬的时候，稍不小心，就会掉进锅里没命了。它想，这明明是主人故意设圈套要谋杀自己，但可怜的鳖依然存一线求生的希望，它想，只要自己万分小心，说不定还真能爬过去死里逃生哩。于是，鳖答应从开水锅上爬过去。

鳖鼓起了平生所有的勇气，集中了它有生以来的全部精力，小心翼翼、战战兢兢地从细竹棍的这一端爬过去，反正大不了就是一死。鳖咬紧牙关，一步步地爬，没想到，竟然真的爬过去了。当它爬到锅的那一边时，它几乎都要晕过去了，趴在地上再也动弹不得。

主人万没想到这鳖竟有这等幸运，它竟能从九死一生中解脱出来。然而，主人不甘心，他还是要吃鳖肉。于是他改口对鳖说："不错，真有本事，非常精彩！请你再表演一次，我还想再欣赏一遍。这次爬过来，说什么我也放了你！请来吧！"

鳖算是看清了主人的丑恶嘴脸，十分愤怒地说："你要想吃我，就明说好了，何必还这么煞费苦心地拐弯抹角呢！"

盲人坠桥

导　读

　　瞎子因看不见路而坠桥，并不是一件可笑的事。瞎子心目中关于坠桥的危险和人们会扶危济困的合理想法被桥不高、河已干的特殊环境所扭曲，这才成了虚惊一场的笑料。这一现象告诉我们，建立人与人之间的完全信赖并不是一朝一夕所能办到的事。

✽　　　✽　　　✽　　　✽　　　✽

一个瞎子过桥的时候不慎把脚踩出了桥面。他身体一倾，几乎栽倒在桥下。幸好桥栏杆上的横木挡了他一下，于是他用双手抓住了栏杆，而身体却悬在半空中。

瞎子以前曾不止一次在这座桥上走过。尤其是在那春雨过后、山洪暴发的日子，他过桥时听到桥下哗哗作响的流水声，真有点毛骨悚然、胆战心惊。可是这一次瞎子过桥，正值秋高气爽、小河断流的季节。一般的人过桥看得见桥下干涸的河床，走在桥上有走旱路的感觉。然而瞎子却没法看到河中的情形，他凭以往的经验判断，认为桥下必定是水流湍急的深渊。因此，他失脚以后使出了浑身的力气抓住桥栏杆不放，一边奋力挣扎着试图爬上桥去，一边急切地希望得到他人的救助。

当时从桥上经过的人，看到瞎子抓着桥栏杆有惊无险、盲目恐慌的情景，既好笑又怜悯地指点他说："用不着害怕，你双脚离地不远，松手就可以着地。"瞎子不相信这话。他心里想："不肯拉我一把，却要我松手掉下去，这不是存心坑人吗？"想到这里，他不禁绝望地大哭起来。

不一会儿，瞎子力气耗尽，两手一滑，身体坠了下去。出乎瞎子想象的是，他还没有来得及感受空中失重、丧魂落魄的投河悲哀，顷刻之间双脚就触到了地。以至于他落地以后身体打了一个趔趄才站稳了脚跟。原来这桥下真如那路人说的一样，一点水都没有。瞎子这才松了一口气。他有点不好意思地笑着说："早知道这桥不高，下面没有水，我就不会吊在栏杆上吃苦头了。"

柳季与岑鼎

导读

　　柳季如此守信用，实在是一种难能可贵的好品质。他用实际行动告诉我们：诚实信用是无价的，任何宝贝都不能与之相比。无论何种情况下，我们都不能放弃做人的根本。

❋　　　❋　　　❋　　　❋　　　❋

　　从前，鲁国有个宝贝，叫做岑鼎。这只岑鼎形体巨大，气势宏伟雄壮，鼎身上还由能工巧匠铸上了精致美丽的花纹，让人看了有种震慑心魄的感觉，不由得赞叹不已。鲁国的国君非常看重和珍爱岑鼎，把它看作镇国之宝。

　　鲁国的邻国齐国幅员广阔、人口众多，国力很是强盛。为了争夺霸权，齐国向鲁国发起了声势浩大的进攻。鲁国较弱，勉强抵挡了一阵就全线溃败了。鲁国国君只得派出使者，去向齐国求和，齐国答应了，但是有个条件：要求鲁国献上岑鼎以表诚意。

　　鲁国的国君很是着急，不献吧，齐国不愿讲和；献吧，又实在舍不得这个宝贝，如何是好呢？正在左右为难之际，鲁国有个大臣出了个主意："大王，齐人从未见过岑鼎，我们何不另献一只鼎去，谅他们也不会看得出来。这样既能签订和约，又能保住宝贝，难道不是个两全之策吗？""妙啊！"鲁国国君拍手称是，大喜道，"就照你说的这么办！"

　　于是，鲁国悄悄地换了一只鼎，假说是岑鼎，献给了齐国的国君。

齐国国君得了鼎，左看右看，总觉得这只鼎虽也称得上是巧夺天工，但似乎还是不如传说中那样好，再加上鲁国答应得这样爽快，自己又没亲眼见过岑鼎，这只鼎会不会是假的呢？又能用什么方法才能验证它的真伪呢？要是弄得不好，到手的是一只假鼎，不仅自己受了愚弄，齐国的国威也会大大受损。他思前想后没有法子，只得召集左右一块儿商量。一位聪明又熟悉鲁国的大臣出点子说："臣听说鲁国有个叫柳季的人，非常诚实，是鲁国最讲信用的人，毕生没有说过半句谎话。我们让鲁国把柳季找来，如果他也说这只鼎是真的，那我们就可以放心地接受鼎了。"齐王同意了这个建议，派人把这个意思传达给了鲁国国君。

　　鲁国国君没有别的路可走，只得把柳季请来，对他把情况讲明，然后央求他说："就请先生破一回例，说一次假话，以保全宝物。"柳季沉思了半晌，严肃地回答道："您把岑鼎当作最重要的东西，而我则把信用看得最为重要，它是我立身处世的根本，是我用一辈子的努力保持的东西。现在大王想要微臣破坏自己做人的根本，来换取您的宝物，恕臣不可能办到。"

　　鲁国国君听了这一番义正词严的话，知道再说下去也没有用了，就将真的岑鼎献给了齐国，签订了停战和约。

燕人还国

　　导　读

　　同伴的玩笑勾起了燕人深切的思乡之情。然而这神圣的情感却随后就遭到了亵渎。这则寓言告诉我们，要用真诚的态度对待朋友和事业。尔虞我诈的社会环境很容易动摇人们高尚的信念。

有一个在燕国出生，在楚国长大，直至花甲之年还不曾回过家乡的燕国人，因为思乡心切，不顾年事已高，气血衰退，居然独自一人不辞劳苦，千里迢迢去寻故里。

他在半路上遇到一个北上的人。两人自我介绍以后，很快结成了同伴。他们一路上谈天说地，起居时互相照应，因此赶起路来不觉得寂寞，时间仿佛过得很快。不知不觉，他们就到了晋国的地界。

可是这个燕国人没有想到与自己朝夕相处、一路风尘的同伴竟在这时使出了捉弄人的花招。他的那个同伴指着前面的晋国城郭说道："你马上就要到家了。前面就是燕国的城镇。"这燕人一听，一股浓厚的乡情骤然涌上心头。他一时激动得说不出话来。他的两眼被泪水模糊了，脸上怆然失色。过了一会儿，那同伴指着路边的土神庙说："这就是你家乡的土神庙。"燕人听了以后，马上叹息起来。家乡的土神庙可是保佑自己的先辈在这块燕国的土地上繁衍生息的圣地呵！他们再往前走，那同伴指着路边的一栋房屋说："那就是你的先辈住过的房屋。"燕人听了这话，顿时热泪盈眶。滚滚的泪水把他的衣衫也弄湿了。祖居不仅是父母、祖辈生活过的房舍，而且是自己初生的摇篮。祖居该有多少动人的往事和令人怀念的、神圣而珍贵的东西呵！那同伴看到自己的谎话已经在燕人身上起了作用，心里暗暗为这种骗人的诡计自鸣得意。他为了进一步推波助澜，拿燕人取乐，没有等燕人的心情平静下来，又指着附近的一座土堆说道："那就是你家的祖坟。"这燕人一听，更是悲从中来。自己的祖辈和生身的父母都安息在眼前的坟墓里。这座祖坟不就是自己的根吗？虽然说这个燕人已年至花甲，然而他站在阔别多年的先辈坟前，却感到自己像一个失去了爹娘的孤苦伶仃的孩子，再也禁不住强烈的心酸，一个劲地放声痛哭起来。到了这个地步，那同伴总算看够了笑话。他忍不住满腹的畅快，哈哈大笑起来。像个胜利者一样，那同伴对燕人解嘲地说："算了，算了，别把身子哭坏了。我刚才是骗你的。这里只是晋国，离燕国还有几百里地哩。"听了同伴这么一说，燕人知道上了当。他怀乡念旧的虔诚心情顿时烟消云散。紧接着占据他心灵的情感是，他对因轻信别人而导致的过度冲动深感难堪。

当这个燕国人真正到了燕国的时候，燕国的城镇和祠庙，先辈的房屋和坟墓，已不像他在晋国见到的城市、祠庙、房屋和坟墓那样具有感召力。回到了自己的家乡，他触景生情的伤感反而减弱了。

自相矛盾

导 读

楚人说话太绝对化，前后自相矛盾，不能自圆其说，难免陷入尴尬境地。要知道，戳不破的盾与戳无不破的矛是不可能并存于世的。因此，我们无论做事说话，都要注意留有余地，不要做满说绝走极端。

❋ ❋ ❋ ❋ ❋

楚国有个人在集市上既卖盾又卖矛，为了招揽顾客，使自己的商品尽快出手，他不惜夸大其词、言过其实地高声炒卖。

他首先举起了手中的盾，向着过往的行人大肆吹嘘："列位看官，请瞧我手上的这块盾牌，这可是用上好的材料一次锻造而成的好盾呀，质地特别坚固，任凭您用什么锋利的矛也不可能戳穿它！"一番话说得人们纷纷围拢来，仔细观看。

接着，这个楚人又拿起了靠在墙根的矛，更加肆无忌惮地夸口："诸位豪杰，再请看我手上的这根长矛，它可是经过千锤百炼打制出来的好矛呀，矛头特别锋利，不论您用如何坚固的盾来抵挡，也会被我的矛戳穿！"此番大话一经出口，听的人个个目瞪口呆。

过了一会儿，只见人群中站出来一条汉子，指着那位楚人问道："你刚才说，你的盾坚固无比，无论什么矛都不能戳穿；而你的矛又是锋利无双，无论什么盾都不可抵挡。那么请问：如果我用你的矛来戳你的盾，结果又将如何？"楚人听了，无言以对，只好涨红着脸，赶紧收拾好他的矛和盾，灰溜溜地逃离了集市。

曾子杀猪

导 读

　　曾子用言行告诉人们，为了做好一件事，哪怕对孩子，也应言而有信，诚实无诈，身教重于言教。一切做父母的人，都应该像曾子夫妇那样讲究诚信，用自己的行动做表率，去影响自己的子女和整个社会。

❀　　　❀　　　❀　　　❀　　　❀

一个晴朗的早晨，曾子的妻子梳洗完毕，换上一身干净整洁的蓝布新衣，准备去集市买一些东西。她出了家门没走多远，儿子就哭喊着从身后撵了上来，吵着闹着要跟着去。孩子不大，集市离家又远，带着他很不方便。因此曾子的妻子对儿子说："你回去在家等着，我买了东西一会儿就回来。你不是爱吃酱汁烧的蹄子、猪肠炖的汤吗？我回来以后杀了猪就给你做。"这话倒也灵验。她儿子一听，立即安静下来，乖乖地望着妈妈一个人远去。

曾子的妻子从集市回来时，还没跨进家门就听见院子里捉猪的声音。她进门一看，原来是曾子正准备杀猪给儿子做好吃的东西。她急忙上前拦住丈夫，说道："家里只养了这几头猪，都是逢年过节时才杀的。你怎么拿我哄孩子的话当真呢？"曾子说："在小孩面前是不能撒谎的。他们年幼无知，经常从父母那里学习知识，听取教诲。如果我们现在说一些欺骗他的话，等于是教他今后去欺骗别人。虽然做母亲的一时能哄得过孩子，但是过后他知道受了骗，就不会再相信妈妈的话。这样一来，你就很难再教育好自己的孩子了。"曾子的妻子觉得丈夫的话很有道理，于是心悦诚服地帮助曾子杀猪、去毛、剔骨切肉。没过多久，曾子的妻子就为儿子做好了一顿丰盛的晚餐。

诚心所致

导　读

熊渠子射石的故事说明，只有在真正全神贯注、意念专一时，才能产生意想不到的效果，这就是"诚心"所产生的力量。

❉　　　❉　　　❉　　　❉　　　❉

熊渠子是楚国人，从小决心要练就过硬的射箭本领。15岁那年，熊渠子辞别父母外出，拜名师学射。开始时，老师既不给他弓，又不给他箭，而是让他举石锁，熊渠子尽管不理解老师的用意，但是他想，既然老师让他这么做，总是有道理的。于是他十分认真地用两只手轮换着将50斤重的大石锁一次又一次举起来。起初手还发抖，一年后，便举重若轻，50 斤重的石锁在熊渠子手里已不算什么，老师便给他换成 100 斤的石锁，让他继续苦练臂力。5 年后，当熊渠子能举起 300 斤重的大石锁时，老师交给他一把大硬弓，还是没给他箭，老师让他每天对着目标瞄准，拉开弦和放开弦时双手不能有丝毫的颤动。熊渠子按照老师的教导又练了 3 年空弦，老师终于拿出箭来。这时候的熊渠子除了有强大的臂力外，还练就了敏锐精细的眼力，他在老师的指导下，抬弓搭箭，对准目标，百发百中，不论是空中的飞禽还是地上的走兽，就连敏捷的野兔子，只要被熊渠子的弓箭瞄准，都是箭飞靶落，飞禽走兽更不在话下。更为精彩的是，熊渠子百步开外举箭穿杨的本领，使他成为远近闻名的神射手。

25 岁那年，熊渠子告别师父回家乡，一路上晓行夜宿。这一天走在路上，行至一片荒郊时已是夜间。突然，他看见前面正有一只老虎伏在路边，熊渠子冷不防吓出一身汗，他立刻下意识地抽出箭来，拉开硬弓，奋力朝老虎射去，不偏不斜正好射中。熊渠子赶紧趴下等待老虎做垂死挣扎。好一会过去了，老虎一点声响也没有，熊渠子想，老虎怎么就这么无声无息地死了呢？待他走近一看，哎呀，哪里是什么老虎，原来射中的竟是躺在路边的巨石，而且射出的箭有大半截已深深扎进石头中了。

熊渠子不禁心中奇怪：我怎么会有如此大的力气，竟将箭几乎全射进了巨石之中？于是他重新回到原来的位置，使足力气，朝巨石再射出一箭，只听"咣当"一声，箭未中石。熊渠子不服气，连发几箭，尽管使出全身力量，眼前除了箭与巨石相击的火星飞迸，却再也一箭未中，箭都不知弹飞到哪里去了。

五、廉洁与贪婪

如果没有节操，世界上的恋
爱、友情、美德都不存在。

——阿狄生

象牙筷子

导　读

　　箕子能从象牙筷子的苗头，推断出商纣王必然亡国的命运，深刻地说明了"千里之堤，溃于蚁穴"的道理。如果对小的贪欲不能进行有效的遏制，任其发展，最终必然会酿成大的灾难，造成大的罪恶。

❁　　　❁　　　❁　　　❁　　　❁

　　商纣王在刚开始请工匠用象牙为他制作筷子的时候，他的叔父箕子就表示出了一种担忧。箕子认为，既然你使用了稀有昂贵的象牙作筷子，与之相配套的杯盘碗盏就再也不会用陶制土烧的笨重器物了，而必然会换成用犀牛角、美玉石打磨出的精美器皿。餐具一旦换成了象牙筷子和玉石盘碗，你就一定不会再去吃大豆一类的普通蔬菜，而要千方百计地享用牦牛、象、豹之类的胎儿等山珍美味了。紧接着，在尽情享受美味佳肴之时，你一定不会再去穿粗布缝制的衣裳，住在低矮潮湿的茅屋下，而必然会换成一套又一套的绫罗绸缎，并且住进高楼大厦之中。

　　箕子觉得照此演变下去，必定会带来一个悲惨的结局。所以，他从纣王一开始制作象牙筷子起，就感到了一种不祥的恐惧。

　　事情的发展果然不出箕子所料。仅仅只过了 5 年光景，纣王就演变到了穷奢极欲、荒淫无耻的地步。在他的王宫内，挂满了各种各样的兽肉，多得像一片肉林；厨房内添置了专门用来烤肉的铜烙；后园内经过酿酒后剩下的酒糟已经堆得像座小山了，而盛放美酒的酒池竟大得可以划船。

纣王的腐败行径，不仅苦了老百姓，而且将一个国家搞得乌七八糟，最后终于被周武王所剿灭。

越权与失职

导 读

　　韩昭侯的做法在今天看来也许有些过分，但他严明职责、严格执法、不以情侵法的精神，还是值得肯定的，也有一定的积极意义。

❋　　❋　　❋　　❋　　❋

有一次，韩昭侯因饮酒过量，不知不觉便醉卧在床上，酣睡半晌都不曾清醒。他手下的官吏典冠担心君王着凉，便找掌管衣物的典衣要了一件衣服，盖在韩昭侯身上。

几个时辰过去了，韩昭侯终于睡醒了，他感到睡得很舒服，不知是谁还给他盖了一件衣服，他觉得很暖和，他打算表扬一下给他盖衣服的人。于是他问身边的侍从说："是谁替我盖的衣服？"

侍从回答说："是典冠。"

韩昭侯一听，脸立即沉了下来。他把典冠找来，问道："是你给我盖的衣服吗？"典冠说："是的。"韩昭侯又问："衣服是从哪儿拿来的？"典冠回答说："从典衣那里取来的。"韩昭侯又派人把典衣找来，问道："衣服是你给他的吗？"典衣回答说："是的。"韩昭侯严厉地批评典衣和典冠道："你们两人今天都犯了大错，知道吗？"典冠、典衣两个人面面相觑，还没完全明白是怎么回事。韩昭侯指着他们说："典冠你不是寡人身边的侍从，你为何擅自离开岗位来干自己职权范围以外的事呢？而典衣你作为掌管衣物的官员，怎么能随便利用职权将衣服给别人呢？你这种行为是明显的失职。今天，你们一个越权，一个失职，如果大家都像你们这样随心所欲，各行其是，整个朝廷不是乱了套吗？因此，必须重罚你们，让你们接受教训，也好让大家都引以为戒。"　于是韩昭侯把典冠典衣二人一起降了职。

宓子贱掣肘

导　读

　　宓子贱用一个自编自演、一识即破的闹剧，让鲁君意识到了奸诈隐蔽的言行对志士仁人报国之志的危害。从而告诫人们，区分廉洁和腐败，扶正匡邪，不仅需要有一大批像宓子贱那样忠心耿耿的人，更需要有一个头脑清醒、品德正派的国君。

❋　　　　❋　　　　❋　　　　❋　　　　❋

鲁国人宓子贱是孔子的学生。他曾有一段在鲁国朝廷做官的经历。后来，鲁君派他去治理一个名叫亶父（dàn fù）的地方。他受命时心里很不平静。

宓子贱担心：到地方上做官，离国君甚远，更容易遭到自己政治上的夙敌和官场小人的诽谤。假如鲁君听信了谗言，自己的政治抱负岂不是会落空？因此，他在临行时想好了一个计策。宓子贱向鲁君要了两名副官，以备日后施用计谋之用。

宓子贱风尘仆仆地刚到亶父不久，该地的大小官吏都前往拜见。

宓子贱叫两个副官拿记事簿把参拜官员的名字登记下来，这两人遵命而行。当两个副官提笔书写来者姓名的时候，宓子贱却在一旁不断地用手去拉扯他们的胳膊肘儿，使两人写的字一塌糊涂，不成样子。等前来贺拜的人已经云集殿堂，宓子贱突然举起副官写得乱糟糟的名册，当众把他们狠狠地鄙薄、训斥了一顿。宓子贱故意滋事的做法使满堂官员感到莫名其妙、啼笑皆非。

两个副官受了冤屈、侮辱，心里非常恼怒。事后，他们向宓子贱递交了辞呈。宓子贱不仅没有挽留他们，而且火上加油地说："你们写不好字还不算大事，这次你们回去，一路上可要当心，如果你们走起路来也像写字一样不成体统，那就会出更大的乱子！"

两个副官回去以后，满腹怨恨地向鲁君汇报了宓子贱在亶父的所为。他们以为鲁君听了这些话会向宓子贱发难，从而可以解一解自己心头的积怨。然而这两人没有料想到鲁君竟然负疚地叹息道："这件事既不是你们的错，也不能怪罪宓子贱。他是故意做给我看的。过去他在朝廷为官的时候，经常发表一些有益于国家的政见。可是我左右的近臣往往设置人为的障碍，以阻挠其政治主张的实现。你们在亶父写字时，宓子贱有意掣肘的做法实际上是一种隐喻。他在提醒我今后执政时要警惕那些专权乱谏的臣属，不要因轻信他们而把国家的大事办糟了。若不是你们及时回来禀报，恐怕今后我还会犯更多类似的错误。"

鲁君说罢，立即派其亲信去亶父。这个钦差大臣见了宓子贱以后，说道："鲁君让我转告你，从今以后，亶父再不归他管辖。这里全权交给你。凡是有益于亶父发展的事，你可以自主决断。你每隔5年向鲁君通报一次就行了。"

宓子贱很赞赏鲁君的开明许诺。在没有强权干扰的条件下，他在亶父实践了多年梦寐以求的政治抱负。

清正的夏统

导　读

　　夏统不是没有感情，他只是洁身自好，不愿与官僚们为伍罢了。他这种面对威胁利诱仍毫不屈服的高风亮节，直到今天都值得我们学习，我们需要有夏统这样刚正的气节和坚定的意志。

❀　　　❀　　　❀　　　❀　　　❀

西晋时期，江南地方有一个名叫夏统的人，他饱读诗书，见解独特，才干出众，智慧超人。夏统的才学远近闻名，踏入仕途的机会很多，可他心里明白官场黑暗腐败，看不惯达官贵人们互相倾轧，却争着剥削百姓，搜刮民脂民膏的世道，因此不愿意做官，不管谁来请他，他都不动心，安于清贫的生活。

　　有一次，夏统乘船到京城洛阳去给母亲买药，刚好碰上太尉贾充带着家人和手下，一大帮人前呼后拥地乘着一条豪华的大船在洛河上游览，欣赏春天美丽的景色。

　　贾充身边有认识夏统的，就指点着告诉贾充说："太尉，那个就是有名的江南才子夏统啊！"

　　贾充早就听说过夏统的才名，偶然相遇，很是高兴，就派人请夏统过来小叙一番。

　　夏统也不推辞，来到贾充的大船上和他一块儿喝酒说话。谈了一会儿，贾充发现夏统果然满腹经纶，分析事理头头是道，确实名不虚传，是个难得的人才，就想推荐他在京城做官，以培植自己的势力。哪知他刚流露出这个意思，夏统马上就不高兴了，再不肯

脍炙人口的寓言故事

答话。

贾充心想："这个人还挺清高，看来需要我用点手段。在荣华富贵和成群的美女面前，有谁会毫不心动呢？"于是，他吩咐下去，要手下的士兵排成威严的仪仗队列，想使夏统羡慕这种威风的排场；接着又召来一队涂脂抹粉，打扮得花枝招展的美女，把夏统围在中间，翩翩起舞，香风扑鼻，希望能勾起他对美色的贪欲。

可是，任凭贾充想尽了办法，用尽了伎俩，夏统始终都无动于衷。他只是默默地端坐船中，脸上的表情十分冷漠，好像对身边的一切都没有感觉似的。

贾充气愤极了，但也无可奈何，恨恨地咬牙骂道："这小子简直是个木头人，石头做的心肠，一点常人的感情也没有！"

李离殉法

导 读

李离以自己的鲜血和生命捍卫法律的尊严，实践了"在法律面前人人平等"的思想，对我们的教育是非常深刻的。

❈   ❈   ❈   ❈   ❈

李离是春秋时期晋国的掌管刑罚的最高长官。李离执法如山、公正不阿，视法律比生命更重要，成为我国历史上一位了不起的人物。

李离断案，一向都是细致入微，极其认真，所以他经手的案子从无差错，可是有一天，李离在查阅过去的案卷时，竟发现了一起错杀的冤案，他感到惊骇不已，惭愧万分。他觉得自己犯下了不可饶恕的罪过，不但不配再做执法的长官，而且给国家的法律抹了黑。

于是，李离让手下人将自己捆绑起来，送到晋文公那里，请求晋文公将自己处死。

晋文公对李离这种严于律己的行为十分赞赏，也为他的诚心实意所感动。晋文公不但没有怪罪李离，还亲自为他解开身上的绳索。

晋文公劝李离说：“这件案子是下面搞错的，并不是你的罪过。再说，我们每个官员的职务有高有低，因此我们的处罚也该有轻有重。何况这件案子又不是你直接办理的，我怎么能怪罪于你呢？”

可是李离依然长跪不起，他坚持说：“臣下的官职最高，从没把自己的权力让给下属；平时享受的俸禄也最多，也并没有把俸禄分给下属。今天我有了过错，怎么可以把责任推给下面的人呢？现在出了错案，我理当承担罪责。还是请大王将我处死吧！”

晋文公有些不高兴了，说：“你认为下属出了问题，责任在你这个上司的身上。如果照你的逻辑去推断，那不连我也该有罪了吗？”

李离回答说：“我是掌管刑罚的最高长官，国家法律早有规定：判错刑者服刑，杀错人者要被杀。大王信任我，将执行国家刑罚的重任交给了我，而我却没能深入调查，明断真伪，以至于造成了错杀无辜的冤案，按法律我应受到处置，因此处死我是理所当然！如果我不自觉伏法，那法律的尊严还能受到别人重视吗？”

说完，李离猛地从卫士手里夺过宝剑，使尽力气朝自己挥去，顿时鲜血迸溅，气绝身亡。

晋文公阻拦不及，好长时间都歔欷不已。

无过之过

导　读

晏子真是一个有见地的贤相，他的用人标准是反对圆滑处世、一味讨好上司。这个用人标准，对我们每个人都是很有启发的。

✻ ✻ ✻ ✻ ✻

晏子是齐国宰相，他辅佐齐王把齐国治理得井井有条。晏子手下有一位名叫高缭的，为官三年，从没做过什么错事，可是有一天，晏子却把高缭给免职了。晏子左右的人感到奇怪，觉得晏子这样做未免不合情理，于是，他们劝阻晏子。有的说："高缭侍奉先生三年，对先生向来都是言听计从，并没出过什么差错呀。"有的说："按常理，高缭做满三年，又没有过错，先生理当给他一定的爵位才是，怎么反而把他辞掉呢？这好像说不过去吧！"

晏子对左右劝阻的人说："我是一个有很多缺点的人，正如一块弯弯曲曲的木料，必须用规矩来定方圆，要用斧子来削，用刨子来刨，才能造就一件好的器具。我手下的人，就应像这些规、矩、斧子、刨子，帮我去掉那些不能成器的地方，以利我更好地帮齐王治国。可是高缭和我一起做事已经整整三年了，对于我的缺点、过错，从来没提出过任何批评意见，也没作过任何纠正。我并非圣贤，平时工作中难免有失误，可是高缭只是一味顺从我、称赞我，这对我更好地为齐王工作又有什么好处呢？非但没有好处，反而有害。所以我决定辞退高缭，原因就正是你们所说的'高缭无过'。"

上行下效

导　读

只有真心愿意接受批评，才会经常听到别人对你的批评、建议；如果总是听到别人恭维自己，那恐怕原因就在自己身上，这时就得自我反省，寻找根源。

✳   ✳   ✳   ✳   ✳

晏子辞世已经 17 年了。 有一天，齐景公宴请各位大臣。酒席上，君臣举杯助兴，高谈阔论，直到下午才散。酒后，君臣余兴未尽，大家提出一起射箭比武。轮到齐景公，他举起弓箭，可是一支箭也没射中靶子，然而大臣们却在那里大声喝彩道："好箭！好箭！"

景公听了，很不高兴，他沉下脸来，把手中的弓箭重重摔在地上，深深地叹了一口气。

正巧，弦章从外面回来，见此情景，连忙走到景公身旁。景公伤感地对弦章说："弦章啊，我真是想念晏子啊。晏子死了已经 17 年了，从那以后，就再也没有人愿意当面指出我的过失。刚才我射箭，明明没有射中，可他们却异口同声一个劲地喝彩，真让我难过呀！"

弦章听了，深有感触。他回答景公说："这就是大臣们的不贤啊。论智慧，他们不能发现您的过失；谈勇气，他们不敢向您提意见，唯恐冒犯了您。不过呢，话又说回来了，我听说过这么一句话，就是'上行下效'。不是吗？国君喜欢穿什么衣服，臣子就学着穿什么衣服；国君喜欢吃什么东西，臣子也学着吃什么东西。有一种叫尺蠖（huò）的小虫子，吃了黄色的东西，它的身体就变成黄色；吃了蓝色的东西，它的身体就又变成蓝色。刚才您说，17 年来没有人再指出过您的过失，这是否是因为晏子去世后，您就不再喜欢听人家批评您，而只喜欢听奉承话所造成的呢？"

一席话说得齐景公心里亮堂了，他不好意思地点点头说："太好了，今天这一番话，教我豁然开朗。这是你做了先生，我做了学生了。"

愚公谷

导 读

这篇故事告诉我们，愚公在年轻人以强凌弱的情况下舍弃利益求得平安的做法是不值得提倡的；要想根本改变社会的治安状况和树立良好的道德风尚，关键还在于领导的严于律己、认真治理和群众万众一心的积极参与。

＊　　＊　　＊　　＊　　＊

有一次，齐桓公在出外打猎时忽然看到一只鹿从前面飞快地跑过，于是他策马紧追不舍，一直追进了一个山谷里。齐桓公正不知此山谷为何处，恰好遇一老者，齐桓公就问老者：

"这里叫什么谷？"

老者回答说："这里叫愚公谷。"

齐桓公又问："为什么叫这个名字？"

老者说："这是用我的名字来命名的。"

齐桓公朝老者仔细看了看，疑惑不解地问：

"我看你的相貌，毫无愚蠢之状，为什么说是用你的名字来命名的呢？"

老者回答说："让我把事情的原委告诉您吧。我曾经喂养了一头母牛，母牛下了一头小牛。后来小牛慢慢长大了，我便卖了牛买了一匹小马。一个年轻后生看到我牵着一匹小马，上前便呵斥道：'你养的是一头牛，牛是不能生马的，你这马是哪来的？莫不是偷来的！'于是强行把我的马牵走了。后来乡邻们知道了这件事，都说我真愚蠢。他们把我叫做愚公，而把我住的这个山谷就叫做愚公谷。"

桓公听后也说："依我看，你也的确愚蠢。既然那小马是你用辛勤喂养的牛换来的，你为什么要让那个年轻人把它牵走呢？"说完，齐桓公不去继续追赶鹿，掉转马头回宫去了。

第二天上朝时，齐桓公把这件事讲给他的相国管仲听了。管仲一听，脸色变得严肃起来。他郑重地整了整自己的衣襟，向齐桓公两次下拜请罪说：

"在君王的属土之内竟然出现这样的事情，应该算作我的过错啊！假如是尧帝时候，皋陶为掌管刑狱的官员，哪里还会有人胆敢强抢人家的马驹子呢？即使有这样的情况，那被欺凌的老者也决不会轻易撒手，而是要找地方跟抢马的人评理的。如今那老者知道处理诉讼案件不公正，遇到巧取豪夺的人，惹不起、躲得起，只好把小马给他算了。看来，这不是一个老头愚蠢的问题，而是社会治理不力的问题。回头让我好好整顿一番吧。"

齐桓公十分赞成管仲的意见，支持他放手整顿法治，惩治邪恶，伸张正义。

飞蛾投火

导读

人们追名逐利，正如飞蛾投火一般。飞蛾投火被人们笑其愚蠢；而那些追名逐利以至于身败名裂的人，更加可笑。

❊   ❊   ❊   ❊   ❊

一天夜里，林子和客人一起坐在院子里乘凉，天很黑，四周十分安静，只有一支蜡烛在发出亮光，林子同客人一起谈古论今，大家都对人生感叹不已。

这时，一只蛾虫扑打着灰白的翅膀，绕着烛光飞来飞去，还发出细小的嘶嘶声，林子用扇子驱赶飞蛾，它便飞走了。可是刚过一会儿，它又飞过来了，林子又用扇子赶走蛾虫，它飞走不一会又飞回来，而且一个劲地朝蜡烛火不顾一切地扑过去，这样赶走又飞来，赶走又飞来，反复七八次了。终于，蛾虫的翅膀被烛火烧焦了，它再也飞不动了，落在地上，焦头烂额，还在不甘心地挣扎着那已经烤得残破的翅膀，直到没有了一丝气息为止。

看了飞蛾的这般情景，林子感慨地对客人说："你看这飞蛾扑火该多愚蠢啊！火本来是烧身的，可是它偏偏要不顾死活地去扑火，落得这般下场！"

客人也有同感地叹道："谁说不是呢？可是，人比飞蛾更甚啊！"

林子说："是的，世上的声色利欲，引得人们拼命去争夺追逐，何止像这飞蛾扑火？那些循此道路而不怀疑、毁灭了身躯而不后悔的人，岂不是也像这蛾虫一样可悲可怜又落人讥笑吗？"

屙金子的石牛

导 读

蜀王为贪一点小便宜反而吃了大亏，失掉了整个国家，被天下人耻笑。我们要从中吸取教训，把眼光放得长远些，以免为了眼前的一点小利而利令智昏，损害了整体的利益。

从前，蜀国土地肥沃、物产丰富，很是富庶。离它不远的秦国早就对这块富饶的土地垂涎三尺，想要把它划归自己所有。可是通往蜀国的道路非常险峻，有陡峭的悬崖绝壁和万丈深谷隔在路途上，一跌下去就会摔个粉身碎骨，进军的路线无法畅通，任凭秦国虎视眈眈，可一时也无可奈何。

蜀国的国君生性贪婪，总是大肆搜刮民间财富来满足自己对金钱的贪欲，有时甚至不惜一切代价。秦国的国王秦惠王从派去探听消息的人口中得知了蜀王的性情，觉得有机可乘。苦苦思索了很久以后，秦惠王终于想出了一条计策。

秦惠王命令工匠打造雕刻了一头巨大的石牛，在石牛的屁股后面放了好多金银绸缎，放出消息说这头石牛会屙金子。

蜀国的探子把关于这头石牛屙金子的奇闻告诉了蜀王，蜀王听了羡慕得不得了，暗道：要是我有这么一头石牛，天天给我屙金子，那该有多好啊！正在这时候，秦国派了一个使者来到蜀国，他向蜀王说，秦惠王为了表示秦蜀友好的诚意，决定把会屙金子的石牛送给蜀王。

蜀王大喜过望，他听使者说石牛的身形巨大，要从秦国运到蜀国来恐怕很不方便，急忙保证说："这个不成问题，贵国国君既然肯把石牛送给我，我哪里有不想办法把它运到我国来的道理呢，就请你们的国君放心好了。"

蜀王也不顾大臣们的极力反对，在国内征调了大量民工，把悬崖挖开了，把深谷也填平了，为了能让石牛顺利到达，把通向蜀国的险径都修成了平坦大道。然后他派了 5 个大力士到秦国去迎接石牛。

贪心的蜀王哪里料得到，秦惠王早已派遣军队悄悄跟在石牛后面，随着石牛蜂拥而入，一举灭掉了蜀国。蜀国国君后悔都已经来不及了。

脍炙人口的寓言故事

守财奴的故事

导 读

　　钱财生不带来，死不带走，本是供人用的，老头儿却被金钱
驱使，成了钱的奴仆。在处理钱的问题上，我们不能学老头儿，
要让金钱用到该用的地方去。

❋　　　❋　　　❋　　　❋　　　❋

汉朝时候有一个老头，经营着一笔不小的产业。经过多年积
累，老头儿家里十分有钱。他既没有儿子，也没有女儿，独自一个
人居住在一间大房子里。

　　老头儿每天天蒙蒙亮就赶紧起床来经营产业，拼命赚钱，一刻
也不肯停下，直到天黑了才愿休息。就这样，他赚回了很多很多的
钱，可是他总是吃粗茶淡饭，穿破旧的衣服，从不轻易花一文钱。
实在迫不得已要拿钱出来买粮食，他也会心疼得好几天吃不香睡不
好。平时遇到有人向他借钱，他总是不问缘由，毫无商量余地地一
口回绝。

　　有一天，一个非常贫困的人来找这个老头儿，可怜巴巴地说：
"我的老母亲一直瘫痪在床，妻子身体弱，干不了什么活儿。今年年
成不好，本来就不够吃的，偏偏昨天小儿子又得了急病，真是祸不
单行哪！我家锅都快揭不开了，实在没钱给儿子治病，求求您发发
慈悲，借一点钱给我吧。"老头儿似乎一点也没被打动，毫不怜悯地
说："你求我有什么用呢？我也没有钱啊！"借钱的人还是不愿罢休，
就一直跟着老头儿，不停地求他："您做做好事吧，您有那么大的产

业，不会没钱的，您不会眼睁睁地看着我的儿子病死吧，您借我一些钱，我一定会报答您的。"

借钱的人这样苦苦哀求，老头儿被缠得实在受不了了，只得走进内室去取钱。他慢吞吞地拿出 10 文钱，从屋里慢慢走出来，走几步就减掉一个钱，走几步就减掉一个钱，等他走到外面来，只剩下 5 文钱了。老头儿极不情愿地把钱交给人家，心疼得紧闭双眼，看也不忍心看，还一再嘱咐人家说："我把全部家业都拿来帮助你了，可千万别对别的人说啊，不然他们都会像你这样跑到我这里来的，可怜我哪里还有钱给人家啊！"借钱的人伤心地流着眼泪说："5 文钱叫我一家怎么活呀，你也太狠心了！"老头儿的眼泪也下来了，不过他是心疼他的钱。

不久，老头儿死了。因为他没有继承人，他的田地、房产都被官府没收，他积累的钱财也都充实国库了。

书生丢官

导 读

故事中的秀才因贪图一时的小利连做官的机会都丢失了。这对那些贪图小利、行为不检的人是个深刻的教训。

＊　　　　＊　　　　＊　　　　＊　　　　＊

有个南昌人，住在京城里，做着国子监的助教。一天，他偶尔路过延寿街，看见一个年轻人正在点钱买《吕氏春秋》。刚好有一枚钱掉在地上，这个人就走过去用脚踩住钱。等年轻人走后，他就弯下腰把钱捡起来。旁边坐着个老头子，看了半天，忽然站起来问这人的名字，冷笑两声就走了。

后来这个人以上舍生的名义，进了誊录馆，求见选官，得到了江苏常熟县尉的职位。他正打点好行装，准备上任，递了一张名片给上司。当时，汤潜庵正担任江苏巡抚，这人求见了十多次，巡抚都不见他。官府里的巡捕传下汤潜庵的命令，叫这人不必去赴任，原因是他的名字已经挂进了被检举弹劾的公文里了。这人大惑不解，便问是为什么事情而被弹劾的。人家回答说："是因贪污。"这人想，自己还没到任，哪里会贪污呢？肯定是搞错了，就想进去当面解释一下。巡捕将此事禀报了汤潜庵后，再次出来传达道："你难道不记得当年在书铺里的事了吗？你当秀才的时候，尚且爱那一文钱如命。现在你运气好，当上了地方官，那你还不把手伸进人家的口袋里去偷，成了戴着乌纱的小偷？请你马上解下大印走吧，别一路上哭个不停。"这人才知道，当年问他姓名的老头，竟是这位汤老爷。他于是惭愧地辞官而去。

猩猩好酒

导读

猩猩其实十分聪明，知道酒是人们故意放那儿引诱它们的，可它们却每一次都因为贪心而被捉住。这则寓言启示我们，人切不可贪心不足，应懂得取舍适度，否则会酿成大错。

✿　　✿　　✿　　✿　　✿

传说，猩猩这种动物非常喜欢喝酒。那些住在山里的人经常摆放好装满甜酒的酒壶，旁边放上大小不一的酒杯。有的人还编好草鞋，并且把草鞋弯弯曲曲地编在一起，也一并放在路边。猩猩瞧见这些东西，知道这是用来引诱它们的。它们居然还能知道放酒人的祖宗姓名，一条一条地列出放酒人的罪状破口大骂。

一只猩猩对它的同伴说："我们怎么不稍稍尝一丁点呢？只要我们小心一点，不多喝就不会有事的。"话一说完，其他猩猩就拿起小酒杯喝上两口，喝完了便骂骂咧咧地走开。过一会儿，它们忍不住，又拿起大一些的酒杯来喝。三口两口喝完之后，它们又边骂边走。这样往往返返好几次，猩猩们实在忍受不住嘴唇上的香甜，干脆拿起最大的酒杯，"咕咚咕咚"开怀痛饮，根本记不得这样会酩酊大醉。

渐渐地猩猩们都喝醉了，它们打打闹闹，把草鞋穿在脚上。这时在隐蔽处观察了猩猩们半天的山里人都跑出来抓猩猩。猩猩们吓得四散奔逃，可鞋子都编在一起，它们你踢我，我踩你，一个也跑不掉。后来有些猩猩明明知道这是喝酒的结果，可总是忍不住，还是落得同样的下场。

秀才讨钱

导　读

　　精神生活也要以物质为基础，读书人也需要钱，可"君子爱财，取之有道"，不可借旁门左道大发横财，否则即使不招致横祸，也会"竹篮打水一场空"。

❀　　　❀　　　❀　　　❀　　　❀

一位秀才正在书房里读书，突然听见敲门声。开门一看，原来是位白发苍苍的老翁。相貌长得很古怪。让进屋后，秀才问老者姓名，老人说："我姓胡，名叫养真，其实是千年修炼得道的狐仙。因为仰慕您秀才的高雅，愿和您做个朋友，谈谈学问和诗文。"

秀才从来豁达随和，听了并不以为怪，于是便同老翁谈古论今起来。老翁十分博学，谈吐极为精彩风雅，叩问他经史百家的经典要义，居然能理解深透，解释精妙，真是出口成章，气度不凡。秀才感到很出乎意料，因此对老翁十分佩服，从此结为知交。

有一天，在交谈中秀才小声地请求老翁道："您对我很好，可是，您看我这么穷，有时连饭都吃不饱。您是得道仙人，只要费举手之劳金钱肯定会马上到手。真对我好，何不给我一点小小的周济帮助呢？"老翁一听，沉默了一会儿，有点不以为然的样子。稍后又笑道："这是很容易的事，但需要十几个钱作母钱，好生许多子钱。"秀才照办了。老翁于是同秀才来到一间密室，一边慢慢踱步，一边嘴里念咒语。忽然，只见无数的钱"哗啦啦"地从房梁上下雨似的往下落，转眼之间钱就堆了半屋，足有3尺高。老翁问秀才："您看够了吗？""够了够了。"秀才喜不自禁。于是两人先后出来，把门关好。送走老翁后，秀才就进密室去取钱。可开门一看，满屋的钱顷刻都不见了，只剩下原来作母钱的十几个钱，还稀稀落落地丢在地上。秀才大失所望，气呼呼地去责问老翁为何欺骗和戏弄自己。老翁淡淡地对秀才说："我本来是要和您结个文字之交相互切磋，并没想到跟您合谋去广积钱财。刚才满屋子钱都是我临时从别人那里借来的，为了清白，只好又还给人家去了。如果您还想发分外之财，就请您去找会偷盗的'梁上君子'做朋友吧！老夫不能成全您了。"说完，老翁拂袖而去。

六、勇敢与怯懦

　　大胆、无畏，永远是成大事的人的特征。生来胆小，不敢冒险而畏避困苦的人，自然一生只能做一些小事了。

——马尔腾

割肉自啖

导　读

　　"割肉自啖（dàn）"的故事告诉我们：勇敢本来是很好的品质，它能帮助我们战胜前进道路上的危险和困难。但盲目的逞勇斗狠却是无聊的行为，是愚蠢而可悲的。

❋　　　❋　　　❋　　　❋　　　❋

　　战国时代，在齐国有一个无名小镇，镇上住着两个自命不凡、爱说大话、喜欢自夸为全世界最勇敢、最顽强、最不怕死的人。他们一个住在城东，一个住在城西。

　　有一天，这两个自诩为最勇敢的人碰巧同时来到一家酒楼喝酒。他们一前一后进了酒楼后才互相看见对方。两人相互寒暄了一番后，便选中靠窗的一张又干净、又明亮的餐桌相对而坐。不一会儿，酒保送上来了一坛陈年老酒。店小二又替他们剥去坛口上的封口泥，打开了酒坛盖子，一股香气扑鼻而来。店小二替他们各自斟满了一碗酒后，把酒坛子放到桌子上，很客气地退了下去。

　　这两个"最勇敢"的人喝了一会酒，聊了一会天，边喝边谈，渐渐觉得有酒无肉实在是有点乏味。其中一个"最勇敢"者提议说："老兄，稍等一会再喝。这样光喝酒不吃肉也不是味，我到菜市场去买几斤肉来，叫这酒店厨师加工后端上桌子供我们下酒。咱俩难得在一起，今天喝个痛快。"另一个"最勇敢"者答道："老兄，不必到菜市场去买肉了。你我身上不都长着有肉吗？听人说腿肚子上的肉是精肉，我们将自己随身带的刀在自己身上割下肉来下酒，又新鲜、又干净，不是更好吗？只叫店小二端盆酱来蘸着吃就行了"。第一个"最勇敢"者为了表现自己的"勇敢"，只好同意了对方的提议。不一会儿，店小二将一盆酱端来了，放在桌子上面。他们每人喝了一碗酒后，各自抽出自己的腰刀，在自己的大腿上割下一大块肉来，血淋淋的放在酱盆里蘸了一下，然后送到自己嘴里咽了下去。就这样，他们每喝一大碗酒，就在各自大腿上割下一大块肉来吃。当时在场的人看到后又惊讶，又害怕，但谁也不敢上前干预。这两个"最勇敢"者在酒楼里一边喝酒，一边吃着从自己身上割下的肉。他们两个人都自称是世界上最勇敢的人，谁也不肯在对方面前认输。就这样，酒一大碗一大碗地喝下去，他们身上的肉也一大块一大块地被割下来；鲜血不断地从他们身上流出，流到地上，流了一大片……不多久，这两个自诩为最勇敢的人都由于失血过多而死去。

螳螂之勇

导　读

　　人们常说"螳臂当车，不自量力"。然而我们从另一面来看，螳螂挡车之勇，也可赞可叹，这种置生死于不顾、敢于抗争的勇气，应该对我们有所启发。

❋　　　❋　　　❋　　　❋　　　❋

有一次，齐庄公带着几十名随从进山打猎。一路上，齐庄公兴致勃勃，与随从们谈笑风生，驾车驭马，好不轻松愉快。忽然，前面不远的车道上，有一个绿色的小东西，近前一看，原来是一只绿色的小昆虫。那小昆虫正奋力高举起它的两只前臂，怒气冲冲地挺直了身子直逼马车轮子，一副要与车轮搏斗的架势。

小小的一只虫子，竟然敢与庞大的车轮较量，那情景十分让人感动。

这有趣的场面引起了齐庄公的注意，他问左右："这是什么虫子？"

左右回答说："大王，这是一只螳螂。"

庄公又问："这小虫子为何这般模样？"

左右回答说："大王，它要和我们的车子搏斗，它不想让我们过去呢。"

"噫！真有趣。为什么会这样呢？"庄公饶有兴趣地问左右。

左右回答说："大王，螳螂这小虫子，只知前进，不知后退，体小心大，自不量力，又轻敌。"

听了左右的这番话，庄公反而被这小小的螳螂所打动，他感慨地说道："小小虫儿，志气不小，它要是人的话，一定会成为最受天下尊敬的勇士啊！"说完，他吩咐车夫勒马回车，绕道而行，不要伤害螳螂。

后来，齐国的将士们听说了这件事，都非常感动。从此，他们打起仗来更加奋不顾身，都愿以死来效忠齐庄公。

黔驴技穷

导 读

貌似庞大的贵州驴，实际上外强中干，一点厉害的本领也没有，以至于被老虎摸清了底细，最后葬身在虎口之下。做人也要练就真本事，仅靠花哨的外表唬人，是不会长久的。到头来，吃亏的总还是自己。

❊　　　❊　　　❊　　　❊　　　❊

古时候，贵州一带没有驴，那里的人们对于驴的相貌、习性、用途等都不熟悉。有个喜欢多事的人，从外地用船运了一头驴回贵州，可是一时又不知该派什么用场，就把它放到山脚下，任它自己吃草、散步。

一只老虎出来觅食吃，远远地望见了这头驴。老虎从来没有见过驴，看到这家伙身躯庞大，耳朵长长的，脚上没有爪，样子挺吓人的。老虎有点害怕，在心里琢磨：妈呀，什么时候跑出这么个怪物来了，看上去似乎不太好惹。还是不要贸然行事，观察一下再说吧。

连续几天，老虎都只敢躲在密密的树林里面观察驴的行为。后来觉得它好像不是很凶狠，就大着胆子小心翼翼地慢慢靠近它，但还是没有搞清楚它到底是个什么东西。

有一天，老虎正慢慢地接近驴，驴忽然长叫了一声，声音十分响亮。老虎吓了一跳，以为驴想吃掉它，回头转身就跑。跑到较远的地方，老虎又仔仔细细地观察了驴一番，觉得它似乎没什么特别厉害的本领。

又过了几天，老虎渐渐习惯了驴的叫声，于是它又进一步和驴接触，以便更深入地了解它。老虎终于走到驴身边，围着它又叫又跳，有时还跑过去轻轻挨一下驴的身体再跑开。

驴终于被老虎戏弄得愤怒极了，就抬起蹄子去踢老虎。开始的时候，老虎还稍有点惊惶，不久见驴再也无计可施，终于明白了，原来驴统共也只有这么一点伎俩。

老虎非常高兴，嘲笑驴说："你这个没用的大家伙，原来也就这么几招本事啊！"说着就跳起来扑上去，咬断了驴的喉管，吃光了驴的肉，心满意足地离开了。

鬼也欺软怕硬

导　读

　　其实，鬼神都是人们编造出来的，人心里有鬼，才会害怕鬼神。人们常说"越信鬼就越有鬼"。因此，只有破除迷信，才能让人们心中没有鬼、不怕鬼。

❋　　　❋　　　❋　　　❋　　　❋

有一座庙宇，整个建筑虽不甚高大，但里面装饰得十分华丽。庙里供奉着各路神仙鬼魅，有木雕的，有泥塑的，个个刷金抹银，神气活现。庙前有一条水沟，水有些深。一天，有个路人经过这里，跨又跨不过去，涉水又深了些。没办法，回头见庙里竖着许多不知名的菩萨，这人不管三七二十一，搬了一座大些的木雕神像便横搭在水沟上，当作桥，走了过去。

不一会，又走过来一个人，看到神像搁在水沟上给人当桥踩，不住地叹息着说："哎呀，这是谁干的？怎么可以这样对待神像，竟敢这样冒犯神仙啊！"说着，他赶紧把神像扶起来，用身上的衣服将木雕上的尘土拂拭干净，然后小心翼翼地将神像抱回庙中，安放到原来的位置上，并且对着神像一拜再拜后，才离开。

晚上，庙里的鬼神们愤愤不平地议论开了。一个小鬼说："大王，您住在这里作为神灵，享受着本地百姓的祭祀、膜拜，可是现在却遭到愚顽百姓的侮辱，您为什么不施加灾难惩罚他们呢？"

那个被踩的神像大王说："是的，是应降灾惩罚他们。你说降灾给哪一个呢?"

小鬼说:"当然是那个拿大王当桥踩过去的人,那人真是太可恶了!"

大王说:"不,应当把灾祸降给后来的那个人。"

小鬼奇怪地问:"前面那个人用脚践踏大王,再没有什么比这种冒犯更严重的了,您却不降灾给他;后来那个人,对大王十分敬重、虔诚,您却要降灾给他,这是为什么呢?"

大王说:"这你就不懂了。前面那个人早已经不信奉鬼神了,我已没有办法降灾难于他了。因此我的魔法只对那些信奉我的人有效。"

看来,鬼神也怕恶人啊!

宋定伯捉鬼

导 读

宋定伯靠着机智和勇敢,终于战胜了鬼。这则寓言故事告诉我们遇到困难时,首先不要害怕,然后仔细分析,摸清规律,按规律去办事,不怕克服不了它。

✿   ✿   ✿   ✿   ✿

南阳人宋定伯年轻的时候血气方刚,十分勇敢,什么都不怕。有一天夜里,宋定伯要赶路去宛市办事,不料在半路上遇到了一个鬼。

宋定伯问道:"你是谁呀?"

鬼回答道:"我是鬼。你又是谁呢?"

宋定伯听了微微一惊，很快就定下神来，欺骗鬼说："我也是鬼呀！"

鬼问宋定伯："你要到哪里去？"

宋定伯答："我要到宛市去。"

鬼说："正好，我也要到宛市去，咱们两个可以结伴一起走了。"

宋定伯和鬼一起走了好几里地，心里暗暗地盘算着对付鬼的办法。这时候鬼说："我们好像走得太快了点，不如我们轮流背着对方走吧。"

宋定伯答应了。鬼先背宋定伯，走了很远，问道："你怎么这样重呢？恐怕你不是鬼吧？"

宋定伯回答说："我刚刚死，所以还很重。"

宋定伯接着背鬼，也走了很远。鬼非常轻，差不多没有重量。他们互相背了三次。

宋定伯故意问鬼："我刚刚死，什么都不懂，还得向你请教鬼都怕些什么？"

鬼教他说："鬼被人重重摔到地上会变成羊，如果再被人吐上唾沫就变不回来了。"宋定伯听了，心里有了主意。

宋定伯和鬼遇见了一条河，宋定伯就让鬼先渡河。鬼渡河的声音很小，几乎听不见。宋定伯过河像水车轮子一样，搅得河水"哗哗"直响。

鬼又有了疑心，问他说："怎么有声音呢？"

宋定伯不慌不忙地说："不是跟你说过了吗？我刚死，所以还不熟悉渡河。"

快到宛市了，轮到宋定伯背鬼。他把鬼顶在头上，用力抓住。鬼动弹不得，"喳喳"大叫起来。宋定伯也不管它，一直走到宛市，猛地把鬼摔在地上，把它变成了一头羊，又怕它变回来，就朝它吐了不少唾沫。宋定伯把羊卖掉，得了一千五百钱，高高兴兴地回家去了。

周处自新

导　读

　　一个人有了缺点错误并不可怕，只要敢于正视、敢于改正自己的缺点错误，重新确立好的志向，一样可以成为一个有用之才。也就是说：浪子回头金不换。

❀　　　❀　　　❀　　　❀　　　❀

周处是晋朝义兴县人。他在年轻的时候，脾气粗暴，好惹是生非，经常与人打架斗殴，危害乡里，被当地人们视为祸害。

　　那时候，在义兴县境内的大河里出现了一条蛟龙，同时在义兴县山里又有只斑额吊睛猛虎，它们都时常在河里、在山上侵害老百姓。当地人都把周处同蛟龙、猛虎一起看作是"三个祸害"，而这"三个祸害"中又以周处最为厉害。为了除掉侵害老百姓的祸害，曾经有人劝说周处上山去杀死那只斑额吊睛猛虎，到河里去斩除那条危及乡里的蛟龙。

　　周处听人劝说后，立即上山去杀死了斑额吊睛猛虎，接着又下山来到有蛟龙作恶的河边。当蛟龙露出水面准备向他扑过来的那一刹那间，说时迟，那时快，周处转眼间便跳下河去举起手中锋利的砍刀，向作恶多端的蛟龙头上砍去。那蛟龙为了躲避周处的刺杀，时而浮出水面，时而沉入水底，在大河里游了几十里路远。周处一直紧紧地跟着它，同样是时而浮出水面，时而沉入水底。就这样，三天三夜过去了，地方上的人都认为周处已经死了。人们都在为这"三个祸害"的灭亡而奔走相告，互相庆贺。

谁知周处在杀死了蛟龙后，又突然浮出水面，游到了岸边。当他上到岸上来时，看到人们正奔走相告，都在为他已不在人世而互相庆贺，这时他才晓得自己早已被人们认为是祸害了。这是为什么呢？他扪心自问，经过一番仔细的反省之后终于有了改过自新的念头。于是，他到吴郡去寻找陆机、陆云两兄弟。因为陆家兄弟是当时远近闻名的受人尊敬的大文人、大才子，周处是想请陆家兄弟开导思想，指点迷津。

周处头脑中带着疑惑来到吴郡陆家的时候，陆机不在家，正好会见了陆云，于是他就把义兴县人为什么恨他的情况全部告诉了陆云，并说明自己想要改正错误重新做人，但又恨自己年纪已经不小了，恐怕不能干出什么成就，因此请陆家兄弟指点迷津。陆云开导他说："古人认为，一个人如果能在早晨懂得真理，那么即使是在晚上死去，也是可贵的；何况你现在还年轻，前程还是有希望的。"陆云接着说："一个人怕只怕没有好的志向。有了好的志向，又何必担心美名不能够传播开去呢？"

周处听了陆云这番话后，从此洗心革面、改过自新。经过自己艰苦的努力，最后终于成了名扬四方的忠臣孝子。

孟贲言勇

导　读

　　孟贲的故事说明，凡是想有所作为的人，都要能不受虚名浮利的干扰，执著地追求自己所迷恋的事业，并做到勇敢地为之献身，这才是获取成功的一个最重要的前提。

❀　　❀　　❀　　❀　　❀

孟贲（bēn）是战国时代著名的勇士，他在战场上出生入死，从无畏惧，总是勇往直前，所向披靡，因而常常使敌人闻风丧胆，望风而逃。

于是，有人问孟贲："生命与勇敢相比，您认为哪一个更重要呢？"

孟贲不假思索地回答："勇敢！"

"那么，拿显赫的官位与勇敢作比较呢？"

"还是勇敢！"孟贲回答得斩钉截铁。

"若用万贯家财与勇敢相比，您认为什么更重要呢？"

孟贲的回答仍是毋庸置疑："勇敢！"

要知道，对于每一个人来说，生命、升官、发财，这三者都是极其宝贵而且难以得到的东西呀！可是，在孟贲看来，它们都不可能取代人的勇敢的品质。在那个诸侯纷争的年代里，孟贲之所以能威镇三军，降伏猛兽，英名远播，这实在是与他在任何情况下都能勇敢面对各色各样的挑战与诱惑所分不开的啊！

蒙人遇虎

导读

蒙人错在盲目地自以为是，不考虑客观因素，最终才落得个葬身虎腹的下场。这则寓言告诉我们，遇事应客观、正确地分析原因，切不可自以为是，否则会酿成无可挽回的错误。

✿　　　✿　　　✿　　　✿　　　✿

蒙地有个猎人，大大小小的动物打了不少，家里有各种各样的兽皮。有一次，他要去野外办些事情，刚一出门，让风一吹，颇有些寒意。于是他又返身进门，想找件兽皮挡挡寒，顺手抓了一张狮子皮，披在身上就上路了。

到了野外，蒙人越走越觉得不对劲。一阵风吹草动，他预感到有事要发生。果然只听得一声长啸，一只吊睛白额大虎跳了出来。蒙人手边没带什么厉害的武器，心里暗想：糟糕，要躲也来不及，这下可完了。于是他干脆不逃了，只是闭着眼睛站在原地等死。

再说那只老虎，早已饿了多时，一见有东西过来，就要往上扑。可那东西不但没逃，还站住了，在那边远远看着自己。老虎一阵奇怪，仔细看了看，乖乖，原来是只大狮子！要是打不过可惨了，好汉不吃眼前亏，还是快溜吧！

蒙人站了半天，还不见老虎来吃他，大着胆子睁开眼一看，老虎夹着尾巴在往回跑，一闪就不见了，蒙人给弄糊涂了。但又一想，对了，老虎肯定知道自己是个好猎手，因害怕自己而跑掉的。蒙人非常得意，丝毫也没往自己披的狮子皮上去想。他趾高气扬地回到家，逢人就夸耀说："连老虎都知道我是打猎的好手，一见了我就马上逃走了！"

又过了几天，蒙人又要去野外了。这一回，他随便拿了一张狐皮挡风。像上次一样，走了没多远就又碰上了老虎。蒙人一点不怕，大摇大摆地走了过去。老虎定睛一看：哼，我当是什么呢，原来是只狐狸，居然也敢在我面前耍威风，一定要给它点颜色瞧瞧。老虎见是狐狸，连扑都懒得扑，就站在原地斜着眼睛瞧着他走过来。蒙人走到老虎跟前，见老虎还不让路，不由大怒，高声威胁说："畜生，见了我还不滚开，当心我扒了你的皮！"老虎看他骂了一会儿，不耐烦了，猛地向蒙人扑了过去。可怜的蒙人，就这样成了老虎的一顿美餐。

毛遂自荐

导　读

　　毛遂自荐的故事告诉我们，不要总是等着别人去推荐，只要有才干，不妨自己主动站出来，做出自己应有的贡献。

❀　　　　❀　　　　❀　　　　❀　　　　❀

　　毛遂在平原君门下已经 3 年了，一直默默无闻，总得不到施展才能的机会。

　　一次，碰上秦国大举进攻赵国，秦军将赵国都城邯郸团团围住，情况十分危急，赵王只好派平原君出使楚国，向楚国求救。

　　平原君到楚国去之前，召集他所有的门客商议，决定从这千余名门客中挑选出 20 名能文善武、足智多谋的人随同前往。他们挑来挑去最终只有 19 人合乎条件，还差一人却怎么挑也总觉得不满意。

　　这时，只见毛遂主动站了出来说："我愿随平原君前往楚国，哪怕是凑个数！"

　　平原君一看，是平常不曾注意的毛遂，便不大以为然，只是婉转地说："你到我门下已经三年了，却从未听到有人在我面前称赞过你，可见你并无什么过人之处。一个有才能的人在世上，就好像锥子装在口袋里，锥尖子很快就会穿破口袋钻出来，人们很快就能发现他。而你一直未能出头露面显示你的本事，我怎么能够带上没有本事的人同我去楚国行使如此重大的使命呢？"

　　毛遂并不生气，他心平气和地据理力争说："您说的并不全对。我之所以没有像锥子从口袋里钻出锥尖，是因为我从来就没有像锥子一样放进您的口袋里呀。如果早就将我这把锥子放进口袋，我敢说，我不仅是锥尖子钻出口袋的问题，我会连整个锥子都像麦穗子一样全部露出来。"

平原君觉得毛遂说得很有道理且气度不凡，便答应毛遂作为自己的随从，连夜赶往楚国。

一到楚国，已是早晨。平原君立即拜见楚王，跟他商讨出兵救赵的事情。可是这次商谈很不顺利，从早上一直谈到了中午，还没有一丝进展。面对这种情况，随同前往的 20 个人中便有 19 个只知道干着急，在台下直跺脚、摇头、埋怨。唯有毛遂，眼看时间不等人，机会不可错过，只见他一手提剑，大踏步跨到台上。面对盛气凌人的楚王，毛遂也毫不胆怯。他两眼逼视着楚王，慷慨陈词，申明大义，他从赵楚两国的关系谈到这次救援赵国的意义，对楚王晓之以理动之以情。楚王被他的凛然正气所折服，也被他对两国利害关系的分析深深打动了心。通过毛遂的劝说，楚王终于被说服了，当天下午便与平原君缔结盟约联合抗秦。很快，楚王派军队支援赵国，赵国得到了解围。

事后，平原君深感愧疚地说："毛遂原来真是了不起的人啊！他的三寸不烂之舌，真抵得过百万大军呀！可是以前我竟没发现他。若不是毛先生挺身而出，我可要埋没一个人才呢！"

可悉陵降虎

导　读

拓跋焘的话很有道理，可悉陵的行为表面上看勇猛无比，其实不过是逞匹夫之勇。我们的才能不应该白白浪费在不值得的事上。只有将才能用于正确的事上才有意义。

❀　　　❀　　　❀　　　❀　　　❀

北魏的皇族中，有个名叫可悉陵的人，生得身材高大、魁梧强壮，性格勇敢坚毅，又练得一身好武艺，是一个难得的人才，因而很受皇室器重。

在可悉陵17岁的那年，北魏皇帝拓跋焘带着他一块儿到山林里去打猎。

他们一行人个个都本领高强，善使弓箭，勇猛无比，打起猎来更是不在话下。没过多半天，他们便捕获了许多野兔、鹿、山鸡之类的野味。大家带着猎物一边大声谈笑，夸耀自己打猎的成果，一边准备踏上返回的路。

人们一路走一路说，正在兴头上，忽然有人察觉旁边的树在微微颤抖，传出一阵草叶的"沙沙"声，好像有什么动物在快速行走。就在犹疑间，说时迟，那时快，丛林中突然蹿出一只吊睛白额猛虎。它大吼了一声，直吼得地动山摇。

人们惊出了一身冷汗，吓得惊慌失措，不知如何是好。只听得一个人大喊道："保护皇上，看我的！"说话间，那人已到了老虎跟前。大家定睛一看：原来说话的是可悉陵。

可悉陵什么武器也没拿，赤手空拳地和老虎搏斗起来。老虎的尾巴用力一掀，眼看要扫到可悉陵身上，只见可悉陵灵巧地一闪躲开了。大家回过神来，弯弓搭箭想要帮可悉陵的忙，可悉陵却喊道："请大家别插手，我一个人就可以了！"大伙只好眼睁睁地看着可悉陵和老虎周旋，心里暗暗为他捏一把汗。

可悉陵躲过了老虎凶猛的一扑一掀一剪，瞅准机会跳到老虎背上，揪着虎皮死死按住虎头，抬起铁拳拼命朝老虎的天灵盖砸下去。也不知打了多少拳，可悉陵累得不行了，才发现老虎已经七窍流血，死了。于是可悉陵把这头老虎献给了拓跋焘。

拓跋焘没有过分称赞他，说道："我们本来很有机会逃走，不跟老虎纠缠，实在走不了，大家一起上，也可以轻而易举地置老虎于死地，你偏要徒手和老虎单打独斗，你的勇敢和谋略确实超人一等，但应该用来造福国家，而不要再浪费在这种不必要的搏斗上。要是万一出了点事，不是太可惜了吗?"

驾驭木筏

导 读

我们从驾驭木筏中可以领悟到：不管干什么事，遇到什么情况，都应该专心致志，毫不动摇，无所畏惧，勇往直前，这样才能克服困难，争取胜利。

✿   ✿   ✿   ✿   ✿

传说中，有往来于天上人间的木筏，驾驭木筏的人是真正勇敢无畏的人。

西汉时期，有个隐士叫罗君平。据说，他知道往来于天上和人间的木筏从人间到天上的时间，因此，凡是要到天上去的人，临出发之前都要先到罗君平这里来。

这一天，木筏出发的时间快要到了，罗君平家聚满了将要乘筏上天的人。这时候，一个驾木筏的人从罗君平家中走了出来。上天的人中有一个赶紧上前，拉住他问道："上天要经过曲折的河水，而天又是那么高那么大，一路上还有神怪精灵，木筏在行驶中有时还会颠倒过来。你经常驾着木筏漂浮在这样的环境中，为什么你连手都不抖一下，一点也不害怕呢？"

驾木筏的人回答说："我用了多年时间来学习驾驭木筏的本领，又用了三年时间来亲自驾驭木筏，往来于天上人间。"

那人又问："仅仅靠本领和实践，就可以了吗？"

驾木筏的人说："当然不是。在每次驾木筏上天的时候，我忧虑的只是不知道自己到底能活多少年，而根本就不考虑木筏是否能够返回人间。我驾驭着木筏，一路上波浪翻腾，气候千变万化，反复无常。有时阳光灿烂，云蒸霞蔚，一下子又突然变得暗淡无光，明亮的白天霎时变成黑夜。有时候，木筏和波浪互相撞击，猛然震荡起来像脱缰的野马急驰狂奔，一会儿沉到波谷浪底，一会儿又像格斗一般冲向高高的浪尖，恍恍惚惚的样子，使我感到似乎有无数人在驾驭这木筏。每当这时，我的心情都非常镇定，一点儿也不慌张。如果此刻心里一慌，手脚就会不听使唤了。只要心里不慌乱，怎么也不会跌倒，直至平安地到达目的地。"

那个问话的人深有感触地说："我想，你说的这些道理不仅适用于驾驭木筏，其实许多事情也都要这样才行啊！"

果断的班超

导 读

　　在危急的情境之下，就应当像班超一样果断，敢于冒必要的危险，才能够获得成功。如果这时还犹犹豫豫畏缩不前，后果就不堪设想了。

东汉年间，班超帮助哥哥班固一起撰写《汉书》，但他认为一个男子汉的抱负不应只在纸笔上，于是弃文从武，参加了对匈奴的战斗。他坚毅果敢的性格使他在战场上屡建功勋。后来，东汉王朝为了联合西域各国共同抗御匈奴的侵扰，就派遣班超作为使节出使到西域去。

班超手持汉朝的节杖，带领着由 36 人组成的使团出发了。他们首先来到了鄯（shàn）善国。班超晋见了鄯善国王，说："尊敬的国王陛下，我们汉朝的皇帝派我来，是希望联合贵国共同对付匈奴。我们吃过很多匈奴入侵的苦，应该携起手来，同仇敌忾，匈奴才不敢再猖狂肆虐呀！"鄯善国王早就知道汉朝是一个泱泱大国，国力强盛，人口众多，不容小视，现在又见汉朝的使者庄重威仪，颇有大国之风，果然名不虚传，就连连点头称道："说得太对了，请您先在鄯国住几天，联合抵抗匈奴之事，容过两天再具体商议吧。"

于是班超他们就住下了。头几天，鄯善国王待他们还挺热情，可是没过多久，班超便察觉国王对他们越来越冷淡，不但常找借口避开他们不见，就是好不容易见上了，也绝口不提联合抗击匈奴之事了。

班超有了一种不祥的预感，他召集使团的人分析说："鄯善国王对我们的态度越来越不友好了，我估计是匈奴也派了人来游说他，我们必须去探察一番，搞清事情的真相。"夜里，班超派人潜进王宫，果然发现国王正陪着匈奴的使者喝酒谈笑，看样子很是投机，就马上回来将这个消息报告给班超。接下来的几天，班超又设法从接待他们的人那里打听到，匈奴不但派来了使节，而且还带了 100 多个全副武装的随从和护卫。他立刻意识到了事态已经发展到很严重的地步，就马上召集使团研究对策。

班超对大家说："匈奴果然已经派来了使者，说动了鄯善国王，现在我们已处于极度危险之中，如果再不采取有效措施，等鄯善国王被说服，我们就会成为他和匈奴结盟的牺牲品。到时候，我们自身难保是小事，国家交给的使命也就完不成了。大家说该怎么办?"大家齐声答应："我们服从您的命令!"班超猛击了一下桌子，果断地说："不入虎穴，焉得虎子! 现在我们只有下决心消灭匈奴，才能完成我们的使命!" 当夜，班超就带人冲进匈奴所驻的营垒，趁他们没有防备，以少胜多，终于把100多个匈奴人全部消灭了。

第二天，班超提着匈奴使者的头去见鄯善国王，当面指责他的善变说："您太不像话了，既答应和我们结盟，又背地里和匈奴接触。现在匈奴使者已全被我们杀死了，您自己看着办吧。"鄯善国王又吃惊又害怕，很快就和汉朝签订了同盟协议。

班超的举动震动了西域，其他国家也纷纷和汉朝签订同盟，很多小国也表示和汉朝永久友好。班超终于圆满地完成了使命。

狮猫斗大鼠

导　读

　　这篇故事告诉我们要取得斗争胜利，就要注重斗争的策略。只凭一时勇气，不讲斗争的策略，是无法战胜强大对手的。

＊　　　＊　　　＊　　　＊　　　＊

明朝万历年间，皇宫中出现了一只大老鼠，同猫一般大，危害非常严重。宫廷为了除掉这只大老鼠，派人到民间各处寻找最好的猫来制服它，可是每次将最好的猫捉来放到皇宫里，都被大老鼠吃掉了。皇宫上下，真是一点办法也没有。

恰好外国使臣贡献了一只猫，叫"狮猫"。这"狮猫"长一身白毛，浑身上下一片白，一根杂色毛也没有，像一团雪。人们抱着它丢进那有大老鼠的屋子，把门窗都关上，躲在外面偷偷地观看。只见狮猫蹲在屋子的地上一动也不动。过了好久，那只恶老鼠探出洞口，先是犹豫不决、要出不出的样子，过了一会儿，才慢慢地从洞里爬了出来。它一发现狮猫，便大怒，恶狠狠地向猫扑过去。狮猫迅速地避开了它，跳到桌子上和茶几上，大老鼠也跟着跳到桌子上和茶几上。狮猫再次避开它，跳到地上。就这样反反复复、跳上跳下总有 100 多次。大家在外面看着都以为这只狮猫胆小害怕，是只没有能耐、无所作为的下等猫。过了不多久，人们看见老鼠敏捷迅速的跳跃渐渐慢了下来，挺着的大肚子在那里一起一伏，仿佛是喘息不已，匍匐在地上好像是要稍稍休息片刻似的。这时只见狮猫飞快地从案几上跳下来，迅速地伸出两只利爪，狠狠揪住老鼠头顶上的毛，接着一口咬住了老鼠的脑袋。那只大老鼠拼命挣扎，狮猫狠狠逮住它不放。就这样狮猫同老鼠扭成一团，狮猫一阵"呜呜"地叫着，老鼠不停地发出凄厉的"啾啾"声。过了一会儿，老鼠凄厉的"啾啾"声没有了。大家急忙打开门一看，原来老鼠的脑袋早已被狮猫嚼碎了。这时人们才明白，狮猫避开老鼠，并不是胆怯害怕，而是要消耗老鼠的体力，等待老鼠疲惫之时再向老鼠扑过去。那老鼠奔过来它就避开，老鼠跑开了它又去挑逗。狮猫就是用这种智谋逮住老鼠的。

老曹斗鬼

导　读

　　这则寓言告诉我们：对待鬼魅邪气要敢于揭露、敢于斗争，正气就会上升。否则，就会遭到鬼魅邪气的迫害。

❋　　❋　　❋　　❋　　❋

古时候掌管钱粮的官员叫司农。有一个名叫曹竹虚的司农在与朋友闲谈时讲了一个故事：他有一个同族哥哥由安徽歙县到扬州去，途中经过一个朋友家，朋友将他留下小住几日。当时正值烈日当空、酷暑炎热的夏季。朋友把他引到自己的书房去坐，那书房又宽敞又凉快。两人谈得很投机，不知不觉天渐渐黑了下来，曹竹虚的哥哥老曹想就在朋友的书房里过夜。他的朋友对他说："我不是舍不得将书房让你住，只是这书房里晚上闹鬼，半夜出来怪怕人的。我怕你晚上看见了害怕，睡不好觉。"老曹却不以为然，偏要在那书房里住下，他的朋友没法，只好在书房里备下卧具，让老曹睡觉。

老曹由于好奇，又是新到朋友家，半夜时分，还没有睡着。过了一会儿，看到有一个东西慢慢地从门缝里爬了进来，模模糊糊看到是薄薄的，薄得只有两张纸片那么厚。那东西进来之后，渐渐地舒展开来，渐渐变作人的模样，越来越清楚了，原来是个女人。老曹一点儿也不怕，认真地看着。只见那女人忽然披散头发，吐出舌头。噢！原来是一个女吊颈鬼。老曹笑着说："你这还是原来这些头发，只是稍微乱了一些；也还是原来这只舌头，就是比刚才要略长了一些，变来变去都是你原来的头、你原来的头发、你原来的舌头，这又有什么可怕的呢？"那鬼听到后忽然把自己的头从颈子上摘下来，放在案桌上。老曹看到后"哈哈"笑了起来，笑着说："刚才你有头，一会儿披散了头发，一会儿又弄长了舌头。你有头时尚且不值得我害怕，更何况没有头了，更没有什么可怕的了。"鬼的本领已经使完了，见没有吓住老曹，转眼间一闪，不见了。第二天，老曹离开朋友家到扬州去了。

过了些时日，老曹从扬州回家的路上，又经过这里，仍住在朋友家这间书房里。也是到了半夜时分，看见门缝里又有什么东西在那儿慢慢地爬着。等到门缝里慢慢爬着的那家伙刚刚露出一个头时，老曹就冷不防猛地吐它一口唾沫，并大声说："又是这个叫人扫兴的家伙作什么祟呢？没有什么值得害怕的，又来干什么？"鬼觉得再没有什么法子使老曹害怕了，竟然再也不敢进到书房中来了。

豁达先生

导 读

　　这则寓言告诉我们：一个人在前进的道路上只要不受假象的迷惑，不畏困难的阻拦，不怕恶势力的恐吓，勇往直前，就会战胜困难，取得胜利。

❋　　　❋　　　❋　　　❋　　　❋

江南松江县有一个姓吕的人，乡试中榜上有名，考上了廪生。他这个人性格很豪放，自己给自己取了个外号叫"豁达先生"。

　　有一天的后晌午，吕廪生豁达先生到县西某镇拜会朋友后回家，路过西乡，天渐渐地黑下来了。刚刚翻过一个小山坡，穿过一畦菜地，忽然看到一个妇人身材苗条，面部搽着淡粉，画着浓眉，急急忙忙地拿着绳索向前走着。她望见了吕廪生略停了一下，便跑到路旁一棵大树下躲起来了，但手中所拿的绳索却掉落在地上。吕廪生走到前面从地上拾起绳索看了一下，原来是一条草绳，用鼻子闻一下，有一股阴冷腐臭的气味。他心里马上明白过来，这可能是别人讲的"吊死鬼"。他便将草绳藏到怀里，若无其事地一直朝前走。

　　吕廪生正朝前走着，那个妇人从树后走出来，不一会走到前面拦住了他的路。吕廪生从路的左边走，她就拦住左边；向右边走，她就拦住右边。左边走，左边拦；右边走，右边拦，反复多次就是走不过去。天渐渐黑下来了，姓吕的心想：这就是大家所说的"鬼打墙"了。你"鬼打城"我都不在乎，更何惧你"鬼打墙"？于是他不顾一切地向前硬冲撞过去。

那女"吊死鬼"拦他不住，突然大叫一声，马上变成披头散发，十分凶恶的样子，连舌头都从口中伸了出来，越伸越长，一会儿伸了一尺有余，向着吕廪生跳跃。吕廪生对这女"吊死鬼"说："你刚才搽着粉，画过眉，打扮得漂亮的样子是想迷惑我；接着拦住我走路，不让我回家是想遮拦我；现在又变作这么副穷凶极恶的样子来，是想以此吓唬我。这又有什么用呢？你的三套本领都用了，我还是不怕。我看你再也没有其他的本领使出来了吧！你还不知道我这个人，我就是豁达先生。你知道我这个豁达先生吗？"女鬼听了这番话后，只得恢复了原形，立即跪在地上向吕廪生跪拜不止，然后急急忙忙地走开了。吕廪生仍然迈开大步向前走去。

七、善良与丑恶

美德的存在，不仅在于回避邪恶，而且还在于不起邪恶之心。

——萧伯纳

韩娥善歌

导　读

　　韩娥的故事说明：真正的艺术家，应当扎根于人民大众之中，与大众共悲欢，成为他们忠实的代言人。

❋　　　　❋　　　　❋　　　　❋　　　　❋

　　从前，韩国有位歌唱家名叫韩娥，要到位于东方的齐国去，不想在半路上就断了钱粮，从而使基本生活都发生了困难。

　　为了渡过这一难关，她在经过齐国都城西边的雍门时，便用卖唱来换取食物。韩娥唱起歌来，情感是相当投入的，以至在她离开了这个地方以后，她那美妙绝伦的余音还仿佛在城门的梁柱之间缭绕，竟至三日不绝于耳；凡是聆听过韩娥歌唱的人，都还沉浸在她所营造的艺术氛围之中，好像她并没有离开一样。

　　有一天，韩娥来到一家旅店投宿时，店小二狗眼看人低，见她穷愁潦倒，便当众羞辱她。韩娥为此伤心至极，禁不住拖着长音痛哭不已。她那哭声弥漫开去，竟使得方圆一里之内的人们，无论男女老幼都为之动容，大家泪眼相向，愁眉不展，人人都难过得三天吃不下饭。

　　后来，韩娥难以安身，便离开了这家旅店。人们发现之后，急急忙忙分头去追赶她，将她请回来，再为劳苦大众纵情高歌一曲。韩娥的热情演唱，又引得一里之内的老人和小孩个个欢呼雀跃，鼓掌助兴，大家忘情地沉浸在欢乐之中，将以往的许多人生悲苦都一扫而光。

脍炙人口的寓言故事

为了感谢韩娥给他们带来的欢乐，大家送给韩娥许多财物和礼品，使她满载而归。

狗猛酒酸

导 读

一只恶狗看门，就能把一个好端端的酒店弄得门庭冷落，客不敢入；试想如果一个国家让坏人控制了某些要害部门，其后果必然是忠奸颠倒，社会腐败，百姓遭殃。

✻　　✻　　✻　　✻　　✻

宋国有个卖酒的人，为了招揽生意，他总是将店堂打扫得干干净净，将酒壶、酒坛、酒杯之类的盛酒器皿收拾得清清爽爽，而且在门外还要高高挂起一面长长的酒幌子，上书"天下第一酒"几个大字。远远看去，这里的确像个会做生意的酒家。然而奇怪的是，他家的酒却很少有人问津，常常因卖不出去而使整坛整坛的酒搁酸了，变质了，十分可惜。

这个卖酒的宋国人百思不得其解，他于是向左邻右舍请教这好的酒竟然卖不出去的原因。邻居们告诉他："这是因为你家养的狗太凶猛了的缘故。我们都亲眼看到过，有的人高高兴兴地提着酒壶准备到你家去买酒，可是还没等走到店门口，你家的狗就跳将出来狂吠不止，甚至还要扑上去撕咬人家。这样一来，又有谁还敢到你家去买酒呢？因此，你家的酒就只好放在家里等着发酸变质啊。"

宋国人听了恍然大悟，立刻叫人牵走了恶狗。

张良与老人

导 读

　　张良能宽容待人，至诚守信，做事勤勉，所以才能成就一番大事业。这也告诉我们：一个人加强自我修养是多么重要。

✳　　　✳　　　✳　　　✳　　　✳

张良是汉高祖刘邦的重要谋臣，在他年轻时，曾有过这么一段故事。

　　那时的张良还只是一名很普通的青年。一天，他漫步来到一座桥上，对面走过来一个衣衫破旧的老头。那老头走到张良身边时，忽然脱下脚上的破鞋子丢到桥下，还对张良说："去，把鞋给我捡回来！"张良当时感到很奇怪又很生气，觉得老头是在侮辱自己，真想上去揍他几下。可是他又看到老头年岁很大，便只好忍着气下桥给老头捡回了鞋子。谁知这老头得寸进尺，竟然把脚一伸，吩咐说："给我穿上！"张良更觉得奇怪，简直是莫名其妙。尽管张良已很有些生气，但他想了想，还是决定干脆帮忙就帮到底，他还是跪下身来帮老头将鞋子穿上了。

　　老头穿好鞋，跺跺脚，哈哈笑着扬长而去。张良看着头也不回、连一声道谢都没有的老头的背影，正在纳闷，忽见老头转身又回来了。他对张良说："小伙子，我看你有深造的价值。这样吧，5 天后的早上，你到这儿来等我。"张良深感玄妙，就诚恳地跪拜说："谢谢老先生，愿听先生指教。"

　　第五天一大早，张良就来到桥头，只见老头已经先在桥头等候。

脍炙人口的寓言故事

他见到张良，很生气地责备张良说："同老年人约会还迟到，这像什么话呢？"说完他就起身走了。走出几步，又回头对张良说："过5天早上再会吧。"

张良有些懊悔，可也只有等5天后再来。

到第五天，天刚蒙蒙亮，张良就来到了桥上，可没料到，老人又先他而到。看见张良，老头这回可是声色俱厉地责骂道："为什么又迟到呢？实在是太不像话了！"说完，十分生气地一甩手就走了。临了依然丢下一句话："还是再过5天，你早早就来吧。"

张良惭愧不已。又过了5天，张良刚刚躺下睡了一会，还不到半夜，就摸黑赶到桥头，他不能再让老头生气了。过了一会儿，老头来了，见张良早已在桥头等候，他满脸高兴地说："就应该这样啊！"然后，老头从怀中掏出一本书来，交给张良说："读了这部书，就可以帮助君王治国平天下了。"说完，老头飘然而去，还没等张良回过神来，老头已没了踪影。

等到天亮，张良打开手中的书，他惊奇地发现自己得到的是《太公兵法》，这可是天下早已失传的极其珍贵的书呀，张良惊异不已。

从此后，张良捧着《太公兵法》日夜攻读，勤奋钻研。后来真的成了大军事家，做了刘邦的得力助手，为汉王朝的建立立下了卓著功勋，名噪一时，功盖天下。

毕歆与王朗

导　读

王朗表面上大方，实际上是在不涉及自己利益的情况下送人情。一旦与自己的利益发生矛盾，他就露出了极端自私、背信弃义的真面目。而华歆则一诺千金，不轻易承诺，一旦承诺就一定要遵守。我们应该向华歆学习，守信用、讲道义，像王朗那样的德行，是应该被人们所鄙弃的。

✻ ✻ ✻ ✻ ✻

华歆（xīn）与王朗是一对好朋友，两个人都很有学识，德行也受到大家的称赞，分不出谁好一些，谁差一点。

有一年，洪水泛滥，淹没了许多村庄和大片的良田，百姓叫苦连天。华歆和王朗的家乡也遭了灾，房子都被大水冲走了，盗贼也趁火打劫，四下作案，很不太平。无奈，华歆和王朗只得和别的几个邻居一起坐了船去逃难。

船上的人都到齐了，物品也装妥了，马上就要解缆离岸出发。这时候，远处忽然奔过来一个人，他背着包袱跑得气喘吁吁，大汗淋漓。这个人也顾不得擦汗，一边朝这边挥手一边扯开嗓子大叫道："先别开船，等等我，等等我呀！"

这人好不容易跑到船跟前，上气不接下气地说："船都被人叫完了，没有人肯收留我，我远远看到这边还有一条……船，就跑过来……求求你们……带上我……一起走吧……"

华歆听了，皱起眉头想了想，对这个人说："对不起得很，我们的船已经满了，你还是再去另想办法吧。"

王朗却很大方，责备华歆说："华歆兄，你怎么这样小气，船上还很宽裕嘛，见死不救可不是君子所为，带上人家吧。"

华歆见王朗这样说，就不再坚持自己的意见，略微沉思片刻，答应了那人的请求。

华歆、王朗他们的船平安地走了没几天，就碰上了盗贼。盗贼们划船追过来，眼看越追越近了，船上的人们都惊慌不已，不知该

脍炙人口的寓言故事

怎么办好，拼命地催促船家快些、再快些。

王朗也害怕得不行，他找华歆商量说："现在我们遇上盗贼，情况紧急，船上人多了没有办法跑得更快。不如我们叫后上船的那个人下去吧，也好减轻些船的重量。"

华歆听了，严肃地回答道："开始的时候，我考虑良久，犹豫再三，就是怕人多了行船不便，弄不好会误事，所以才拒绝人家。可是现在既然已经答应了人家，怎么能够又出尔反尔，因为情况紧急就把人家甩掉呢？"

王朗听了这番话，面红耳赤，羞愧得说不出话来。在华歆的坚持下，他们还是像当初一样，携带着那个后上船的人，始终没有抛弃他。而他们的船也终于在大家的共同努力下，摆脱了盗贼，安全地到达了目的地。

支公养仙鹤

导　读

支公虽然舍不得仙鹤，但他理解仙鹤的志向，最终放了仙鹤，这才是真正的爱鹤。同样道理，真正爱惜有才能的人，就应该给他们施展身手的空间，不要把他们限制在狭隘的小圈子里面。

❋　　　❋　　　❋　　　❋　　　❋

古时候有个叫支公的人，非常喜欢仙鹤。他常爱到仙鹤出没的地方，远远地欣赏仙鹤吃东西、散步时的一举一动，简直看得入了迷。他常常想：要是能有仙鹤长久为伴，那该多好啊！

终于，在支公搬到剡（shàn）溪东峁（mǎo）山居住的时候，一位深知支公喜好的老朋友给他送来了一对仙鹤幼鸟。支公高兴极了，像对待自己的儿女一般对待仙鹤，给它们吃上好的食物，细心照料它们的起居。高兴的时候，支公还常把仙鹤搂在怀里跟它们说话。仙鹤的活泼可爱也使支公的晚年一点都不寂寞，它们给支公做伴，跳舞给支公看，时间久了，支公和仙鹤的感情越来越深厚。

时光飞逝，仙鹤的羽毛很快长齐了，它们天天扑棱着翅膀，想飞到属于它们的遥远的地方去。支公实在是舍不得仙鹤离开，犹豫再三，还是用剪刀把仙鹤的翅膀剪短了。

这下子仙鹤真的没有办法飞起来了。它们总是先扑打一阵翅膀，然后又回头看看，接着就沮丧地低下头，无精打采地走来走去。仙鹤再也不像以前那样欢叫起舞了，没有了活力，没有了生气，连眼神都一天天地暗淡下去了。

支公对这一切看在眼里，疼在心里。他后悔极了，告诉自己说："既然仙鹤有直上云霄，去见识更广阔的天空的志向，我又怎么能强行把它们留在我跟前，只供自己观赏呢？"

支公从此更加精心地饲养两只仙鹤，让它们的翅膀很快又长齐了。于是支公就带着仙鹤来到野外，把它们放到地上，依依不舍地对它们说："仙鹤啊，快飞吧，到远方去实现你们的理想去吧！"仙鹤拍打着翅膀飞上蓝天，鸣叫着在支公头上盘旋了几圈，好像在感谢他的恩情，然后自由自在地向遥远的天边飞去了。

不食嗟来之食

导 读

救济、帮助别人应该真心实意而不要以救世主自居。对于善

脍炙人口的寓言故事

意的帮助是可以接受的；但是，面对"嗟来之食"，倒是那位有骨气的饥民的精神，值得我们赞扬。

❀　　　　❀　　　　❀　　　　❀　　　　❀

战国时期，各诸侯国互相征战，老百姓不得太平，如果再加上天灾，老百姓就没法活了。这一年，齐国大旱，一连 3 个月没下雨，田地干裂，庄稼全死了，穷人吃完了树叶吃树皮，吃完了草苗吃草根，眼看着一个个都要被饿死了。可是富人家里的粮仓堆得满满的，他们照旧吃香的喝辣的。

有一个富人名叫黔傲，看着穷人一个个饿得东倒西歪，他反而幸灾乐祸。他想拿出点粮食给灾民们吃，但又摆出一副救世主的架子，他把做好的窝窝头摆在路边，施舍给过往的饥民们。每当过来一个饥民，黔傲便丢过去一个窝窝头，并且傲慢地叫着："叫花子，给你吃吧！"有时候，过来一群人，黔傲便丢出去好几个窝头让饥民们互相争抢，黔傲在一旁嘲笑地看着他们，十分开心，觉得自己真是大恩大德的活菩萨。

这时，有一个瘦骨嶙峋的饥民走过来，只见他满头乱蓬蓬的头发，衣衫褴褛，将一双破烂不堪的鞋子用草绳绑在脚上，他一边用破旧的衣袖遮住面孔，一边摇摇晃晃地迈着步，由于几天没吃东西了，他已经支撑不住自己的身体，走起路来有些东倒西歪了。

黔傲看见这个饥民的模样，便特意拿了两个窝窝头，还盛了一碗汤，对着这个饥民大声吆喝着："喂，过来吃！"饥民像没听见似的，没有理他。黔傲又叫道："嗟（jiē），听到没有？给你吃的！"只见那饥民突然精神振作起来，瞪大双眼看着黔傲说："收起你的东西吧，我宁愿饿死也不愿吃这样的嗟来之食！"

黔傲万万没料到，饿得这样摇摇晃晃的饥民竟还保持着自己的人格尊严，黔傲满面羞惭，一时说不出话来。

牛缺遇盗

导 读

　　牛缺与燕人被害的悲剧警醒我们：对于杀人不眨眼的强盗，既不能讲"贤德"，也不能苦苦哀求；只有丢掉幻想，团结斗争，战而胜之，才是唯一正确的选择。

　　✳　　　✳　　　✳　　　✳　　　✳

　　牛缺，在上地这一带地方是位声望很高的饱学之士。有一次，他要去邯郸拜见赵国国君，途经耦（ǒu）沙时，遇上了一伙强盗。强盗抢走了他的牛车及随身衣物，他只好步行。强盗在一旁看到这人对被劫之事并不在意，脸上连半点忧愁和吝啬的表情都没有，心中不免生疑，于是便追上去问个究竟。

　　牛缺坦然地回答说："一个有德行的人，不应当因丢失一点供养自己的财物而去与人争斗，这样会危害它所供养的自身的安全啊。"

　　强盗们听后，同声称赞道："这真是一个贤德之人啊！"他们望着牛缺渐走远的背景，忍不住又商议："如此贤德之人去拜见赵国的国君，必会受到信用，他如果在国君面前告发了我们的强盗行径，我们一定会大难临头。因此，还不如先下手为强。"于是，这伙强盗再一次追上牛缺，把他杀掉了。

　　有个燕国人听说了这件事后，就将全家族的人集合起来，告诫他们："今后谁遇上了强盗，可千万别学牛缺那样以贤德求忍让呀！"大家都牢牢记住了这个教训。

　　不久，这个燕国人的弟弟要到秦国去，一行人来到函谷关下，又遇上了强盗。他想起了哥哥临别时的告诫，始终不肯轻易舍弃财物，在实在斗不过这伙强人时，他又跪在地上，低三下四地哀求强盗以慈善为本，归还抢走的财物。

强盗们被纠缠得大怒了，忍不住厉声喝道："我们没有要你的性命，就已经够宽宏大量了。你现在还要死死地缠住我们，索要财物，这不就把我们的行迹暴露了吗？我们既然已经做了强盗，哪里还有什么慈悲仁义可言？"只见这伙人手起刀落，将那个燕国人的弟弟杀了，同时还杀害了与之同行的四五个伙伴。

乐羊的 "忠心"

导 读

乐羊背叛自己的国家，连儿子的性命也不顾，不惜用儿子的生命和故国的利益来换取自己的利禄，这样的人只应遭到唾弃。看来，聪明的魏王疏远乐羊是明智的。

✿　　　✿　　　✿　　　✿　　　✿

乐羊本是中山国的人，后来他投奔了魏国。为了表示对魏王的忠心，乐羊主动率领魏国的军队去攻打自己的故国中山国。

中山国是个弱小国家，哪里抵挡得了魏国的进攻呢。当时，乐羊的儿子还留在中山国。中山国的人在魏国的猛烈进攻下，无计可施，君臣经过一番商议，决定以乐羊的儿子做筹码来要挟乐羊退兵，中山国把乐羊的儿子绑起来吊在城楼上，威胁乐羊。谁知乐羊全然不顾吊在城楼上的可怜巴巴的儿子，反而更加猛烈地攻城。

中山国的将士们都十分生气，没想到乐羊原来是这样一个无情无义之人，于是他们将乐羊的儿子杀了，并将其烹煮成肉羹，派人送给乐羊吃。

不料，乐羊面对此事仍毫不动心，一点怜子之心也没有，一丝悲伤之情也不见，反而将用儿子血肉做成的羹汤吃了个干净，然后率领着魏军向中山国发起了猛烈进攻。由于乐羊攻城态度坚决，不拿下中山国决不罢休。经过几番激战，中山国终于被乐羊所灭。

战争结束，魏国的疆域又开拓了一大片，乐羊为魏王立了大功。庆功会上，魏王给了乐羊很重的奖赏。事后，魏王便冷落了乐羊，不再信任他了。

有人不理解魏王，问魏王说："乐羊为大王立了这样大的功劳，您为何如此疏远他呢？"

魏王摇摇头说："一个为了向上爬而背叛一切的人，他连自己的故国、儿子都毫不顾惜，除了自己，他还会对谁忠诚呢？我怎么可以去亲近、信任这样一个危险的人呢？"

仁智的孙叔敖

导　读

孙叔敖在面对危险的时候，还能为别人着想，所以老百姓信赖他。孙叔敖的故事说明：能为群众着想的人，群众就会拥护和信任他。

❀　　❀　　❀　　❀　　❀

小时候的孙叔敖就是一个好孩子，他勤奋好学，尊敬长辈，孝敬母亲，很受邻里的喜爱。

有一次，孙叔敖外出玩耍，忽然看到路上爬着一条双头蛇。他以前听别人说，谁要是看见两头蛇，谁就会死去。孙叔敖乍一见这条蛇，心中不免一惊。他决定马上把这条双头蛇打死，不能再让别人看见。于是他拾起路边的大石块，打死了双头蛇，并把它深深地埋起来。

回到家里，孙叔敖闷闷不乐，饭也不吃，一个人坐在油灯前看书发呆。他母亲看到这孩子的情绪有些不对头，便问他道："孩子，你今天是怎么啦？"

孙叔敖抬头看了看母亲，摇摇头说："没什么。"然后低下头去，依然无精打采。

母亲伸出手，摸了摸他的额头说："莫不是生病了？"

孙叔敖再也憋不住了，一下扯住母亲的衣袖伤心地哭起来。妈妈感到十分诧异，问道："孩子，你到底出了什么事啊，哭得这么伤心？"

孙叔敖边哭边说："今天我在外面看到了一条双头蛇。听人说，看见这种蛇的人会死去的，要是我死了，我就再也见不到您和家人了……"

母亲边安慰他边问道："那条蛇现在在哪里呢？"

孙叔敖边擦眼泪边回答说："我怕再有人看见它也会死去，就把它打死后，埋起来了。"

听了孙叔敖的话，母亲很感动，她高兴地摸着孙叔敖的头说："好孩子，你做得对。你的心眼这么好，你一定不会死的。好人总是有好报的。"

孙叔敖半信半疑地看着母亲，点了点头。

后来，孙叔敖长大成人，由于他的学识品德好，做了楚国的令尹。他还没正式上任，老百姓就已经很信赖他了。

德比才重要

导读

　　人的品德比才能更重要，因此应有选择地培养人才，不可良莠不分，阳虎的遭遇对我们是很有启发的。这说明培养人才应注重德才兼备。

❋　　❋　　❋　　❋　　❋

　　阳虎的学生在天下为官的，比比皆是。可是有一次阳虎在卫国却遭到官府通缉，他四处逃避，最后逃到北方的晋国，投奔到赵简子门下。见阳虎丧魂落魄的样子，赵简子问他说："你怎么变成这样子呢？"阳虎伤心地说："从今以后，我发誓再也不培养人了。"赵简子问："这是为什么呢？"

　　阳虎懊丧地说："许多年来，我辛辛苦苦地培养了那么多人才，直至在当朝大臣中，经我培养的人已超过半数；在地方官吏中，经我培养的人也超过半数；那些镇守边关的将士中，经我培养的同样超过半数。可是没想到，就是由我亲手培养出来的人，他们在朝廷做大臣的，离间我和君王的关系；做地方官吏的，无中生有地在百姓中败坏我的名声；更有甚者，那些领兵守境的，竟亲自带兵来追捕我。想起来真让人寒心哪！"

　　赵简子听了，深有感触。他对阳虎说："只有品德好的人，才会知恩图报；那些品质差的人，他们是不会这么做的。你当初在培养他们的时候，没有注意挑选品德好的加以培养，才落得今天这个结果。比方说，如果栽培的是桃李，那么，除了夏天你可以在它的树

脍炙人口的寓言故事

阴下乘凉休息外，秋天还可以收获那鲜美的果实；如果你种下的是蒺藜呢，不仅夏天乘不了凉，到秋天你也只能得到扎手的刺。在我看来，你所栽种的，都是些蒺藜呀！所以你应记住这个教训，在培养人才之前就要对他们进行选择，否则等到培养完了再去选择，就已经晚了。"阳虎听了赵简子一番话，点头称是。

毁瓜与护瓜

导 读

这则寓言告诉我们有时候不要采取"以眼还眼，以牙还牙"的态度去激化矛盾，而应宽宏大量，以德报怨，这样反而会促使矛盾缓解，使坏事变成好事。

✳　　　✳　　　✳　　　✳　　　✳

魏国的大夫宋就被派到一个小县去担任县令，这个县正好位于魏国与楚国的交界处，这里盛产西瓜。虽然同处一地，可是两国村民种西瓜的方式和态度却大不一样。

魏国这边的村民种瓜十分勤快，他们经常担水浇瓜，所以西瓜长得快，而且又甜又香。楚国这边的村民种瓜十分懒惰，又很少给西瓜浇水，所以他们的瓜长得又慢又不好。楚国这边的县令看到魏国的西瓜长得那么好，便责怪自己的村民没有把瓜种好。而楚国的那些村民却没有从自己身上找原因，只是一味怨恨魏国的村民，嫉妒他们为什么要把瓜种得那么大那么香甜。于是，楚国这边的村民就想方设法去破坏魏国村民的劳动成果。每天晚上，楚国村民轮流着摸到魏国的瓜田，踩他们的瓜，扯他们的藤，这样，魏国村民种的瓜每天都有一些枯死掉了。

魏国村民发现这个情况后，十分气愤，他们也打算夜间派人偷偷过去破坏楚国的瓜田。一位年纪大的村民劝阻住了大家，说："我们还是把这件事报告给县令，向他请示该怎么办吧？"

大家来到宋就的县衙。宋就耐心地劝导本国的村民说："为什么要这么心胸狭窄呢？如果你来我往没完没了地这般闹下去，只会结怨越来越深，最后把事态闹大，引起祸患。我看最好的办法是，你们不计较他们的无理行为，每天都派人去替他们的西瓜浇水，最好是在夜间悄悄进行，不声不响地，不要让他们知道。"

魏国村民依照宋就的话去做了。于是，从这以后，西边楚国的瓜一天天长好起来。楚国村民发现，自己的瓜田像是每天都有人浇过水，感到很是奇怪，互相一问，谁也不知道是怎么回事。于是他们开始暗中观察，终于发现为他们的西瓜浇水的正是魏国的村民，楚国的村民大受感动。

很快，这件事情被楚国县令知道了，他既感激、高兴，又自愧不如魏国县令。他把这些情况写下来报告给了楚王，楚王也同样很受感动，同时也深感惭愧和不安。

后来，楚王备了重金派人送给魏王，希望与魏国和好，魏王欣然同意了。从此后，楚、魏两国开始友好起来。边境的两国村民也亲如一家。两边种的西瓜都同样又大又甜。

东郭先生和狼

导　读

东郭先生把"兼爱"施于恶狼身上，因而险遭厄运。这则寓言告诉我们，即使在人与人的关系中，也存在"东郭先生"式的人。一个人应该真心实意地爱人民，但丝毫不应该怜惜狼一样的恶人。

✳   ✳   ✳   ✳   ✳

晋国大夫赵简子率领众随从到中山去打猎，途中遇见一只像人一样直立的狼狂叫着挡住了去路。赵简子立即拉弓搭箭，只听得弦响狼嚎，飞箭射穿了狼的前腿。那狼中箭不死、落荒而逃，使赵简子非常恼怒。他驾起猎车穷追不舍，车马扬起的尘土遮天蔽日。

这时候，东郭先生正站在驮着一大袋书简的毛驴旁边向四处张望。原来，他前往中山国求官，走到这里迷了路。正当他面对岔路犹豫不决的时候，突然窜出了一只狼。那狼哀怜地对他说："现在我遇难了，请赶快把我藏进你的那条口袋吧！如果我能够活命，今后一定会报答您。"

东郭先生看着赵简子的人马卷起的尘烟越来越近，惶恐地说："我隐藏世卿追杀的狼，岂不是要触怒权贵？然而墨家兼爱的宗旨不容我见死不救，那么你就往口袋里躲吧！"说着他便拿出书简，腾空口袋，往袋中装狼。他既怕狼的脚爪踩着狼颔下的垂肉，又怕狼的身子压住了狼的尾巴，装来装去三次都没有成功。危急之下，狼蜷曲起身躯，把头低弯到尾巴上，恳求东郭先生先绑好它的四只脚再装。这一次很顺利。东郭先生把装狼的袋子扛到驴背上以后就退缩到路旁去了。不一会儿，赵简子来到东郭先生跟前，但是没有从他那里打听到狼的去向，因此愤怒地斩断了车辕，并威胁说："谁敢知情不报，下场就跟这车辕一样！"东郭先生匍匐在地上说："虽说我是个蠢人，但还认得狼。人常说岔道多了连驯服的羊也会走失。而这中山的岔道把我都搞迷了路，更何况一只不驯的狼呢？"赵简子听了这话，调转车头就走了。

当人唤马嘶的声音远去之后，狼在口袋里说："多谢先生救了我。请放我出来，受我一拜吧！"可是狼一出袋子却改口说："刚才亏你救我，使我大难不死。现在我饿得要死，你为什么不把身躯送给我吃，将我救到底呢？"说着它就张牙舞爪地向东郭先生扑去。东郭先生慌忙躲闪，围着毛驴兜圈子与狼周旋起来。

太阳快下山的时候，东郭先生怕天黑遇到狼群，于是对狼说："我们还是按民间的规矩办吧！如果有三位老人说你应该吃我，我就让你吃。"

狼高兴地答应了。但前面没有行人，于是狼逼他去问杏树。老杏树说："种树人只费一颗杏核种我，20 年来他一家人吃我的果实、卖我的果实，享够了财利。尽管我贡献很大，到老了，却要被他卖到木匠铺换钱。你对狼恩德不重，它为什么不能吃你呢？"狼正要扑向东郭先生，这时正好又看见了一头母牛，于是又逼东郭先生去问牛。那牛说："当初我被老农用一把刀换回。他用我拉车驾套、犁田耕地，养活了全家人。现在我老了，他却想杀我，从我的皮肉筋骨中获利。你对狼恩德不重，它为什么不能吃你呢？"狼听了又嚣张起来。

就在这时来了一位拄着藜杖的老人。东郭先生急忙请老人主持公道。老人听了事情的经过，叹息地用藜杖敲着狼说："你不是知道虎狼也讲父子之情吗？为什么还背叛对你有恩德的人呢？"狼狡辩地说："他用绳子捆绑我的手脚，用诗书压住我的身躯，分明是想把我闷死在不透气的口袋里，我为什么不吃掉这种人呢？"老人说："你们各说各有理，我难以裁决。俗话说'眼见为实'。如果你能让东郭先生再把你往口袋里装一次，我就可以依据他谋害你的事实为你作证，这样你岂不有了吃他的充分理由？"狼高兴地听从了老人的劝说，然而却没有想到在束手就缚、落入袋中之后，等待它的是老人和东郭先生的利剑。

义鹊怜孤

导读

　　喜鹊只是一种鸟类，却能如此懂得怜悯、爱护弱者，这样讲仁讲义。而我们有些人却毫无人性，不仁不义，因此，他们是连禽兽都不如的。

❋　　❋　　❋　　❋　　❋

很久很久以前，在大慈山的南面有一棵大树，树干有两围粗，树枝壮实，树叶宽大。有两只喜鹊飞到这棵大树上忙着筑巢，它们就要做母亲了。过了不久，两只喜鹊各自生下了小喜鹊，两个家庭热热闹闹，日子过得又温馨又红火。喜鹊妈妈每天飞出去找食，回来后，一口一口喂给孩子们吃。虽然喜鹊妈妈十分辛苦，可心里觉得很幸福。

　　过了不久，发生了一件很不幸的事情。一位喜鹊妈妈在出外觅食时被老鹰叼走了，它再也回不来了。它那两个可怜的孩子已经一天一夜没吃东西，也没见到它们的妈妈回来，失去妈妈的小鹊十分悲哀地哭呀哭呀，那声音十分凄凉。

　　小鹊的哭声传到邻居喜鹊家里，这家的妈妈马上对自己的孩子们说："你们听，我们邻居家的小鹊哭得多伤心啊！我过去看看，你们乖乖地在家待着别动，等我回来！"说完，喜鹊妈妈离开了自己的孩子们，很快飞到了喜鹊孤儿的家中。

　　看到邻居家的喜鹊妈妈，两只小鹊哭得更伤心了，它们向喜鹊妈妈哭诉自己失去了妈妈。邻居家的喜鹊妈妈怜悯地抚摸着小鹊说：

"孩子们，别哭了！今后我就是你们的妈妈，你们就是我的孩子！走，到我们家去吧！"于是喜鹊妈妈把这两只小鹊一个个叼起来，放进自己的巢里，还嘱咐自己的孩子，要好好和这两只小鹊一起生活、玩耍。现在，它们的家虽然有些挤，但大家相亲相爱，过得也很快乐。失去了妈妈的两只小鹊受到这家喜鹊妈妈的照顾，它们也把这里当作了自己的家。喜鹊妈妈的生活负担增加了一倍，它每天更辛苦了，可它毫无怨言。

为虎作伥

导　读

伥鬼喻指那些被别人陷害又反过来帮助坏人陷害别人的人。自己被害而不自知，实在愚昧。

✿　　　✿　　　✿　　　✿　　　✿

传说被老虎吃掉的人，死后变作"伥"（chāng），伥会死心塌地地为老虎奔走效劳。

有个叫马拯的读书人，爱好游历山水。这一天，他来到五岳之一的南岳衡山。衡山风景秀丽，马拯忘情山水，在松林间转悠，不知不觉到了黄昏，看来这个晚上他是走不出去了。

马拯正着急，忽然看到前面大树上搭着一个窝棚，上面一个猎人正朝他示意。马拯一低头，看见原来就在前面不远是猎人设的一个陷阱，马拯吓了一跳说："好险！"

猎人从树上跳下来，问道："你是什么人？怎么天黑了还在林子里转悠？"

马拯把自己贪恋山水而忘了时间的事说给猎人听了。猎人说："这里老虎很多，十分危险，你一个人不要再走了，就在我这里过一夜吧。"猎人边说，边走到陷阱边，架好捕虎用的机关，然后带马拯登上大树的窝棚。马拯一个劲道谢。

半夜里，马拯从睡梦中醒来，忽听得树下叽叽喳喳有许多人在讲话，声音越来越近。马拯警觉起来，借着月光，看见前面走来一大群人，有男有女，有老有少，总共怕有几十人。这些人走到马拯和猎人栖身的大树近旁时，忽然走在前面的那人发现了陷阱，十分生气地叫起来："你们看！是谁在这里暗设了机关陷阱，想谋害我们大王！真是太可恶了！是谁竟敢如此大胆！"说着，和另外两个人一起将猎人设在陷阱上的机关给拆卸下来，然后才前呼后拥互相招呼着走过去了。

待这伙人走后，马拯赶紧叫醒猎人，把刚才的一幕告诉了猎人。猎人说："那些家伙叫做伥，他们原本都是被老虎吃掉的人，可是他们变作伥鬼后，反而死心塌地为老虎服务，晚间老虎出来之前，他们便替老虎开路。"马拯听后明白了，他对猎人说："那他们刚才所说的大王一定是老虎了。老虎可能不多久就要来了，你赶快再去把机关架好。"

猎人敏捷地从树上下来，把陷阱上的机关重新架好，刚登上大树，只听一阵狂叫，一只凶猛的老虎从山上直蹿过来，一下扑到陷阱的机关上，只听"嗖"的一声，一支弩箭弹出，正中老虎心窝。只见老虎狂暴地跳起，大声吼叫，叫声直震得松林发抖，老虎挣扎了一阵，倒在地上死了。

老虎巨大的哀叫声，惊动了已走了很远的伥鬼们，他们纷纷跑回来，趴在胸口还流着血的死老虎身上大哭起来，边哭还边伤心地哀号着："是谁杀死了我们大王呀！是谁杀死了我们大王呀！"

马拯在树上听得明白，不由得大怒，他厉声骂道："你们这些伥鬼！自己是怎么做的鬼还一点不知道，你们原本就死在老虎嘴里，至今还执迷不悟，还为老虎痛哭！真令人气愤！"

两匹马

导　读

　　国马被咬了一口，却非常宽宏大量，一点都不记仇，并用自己的宽容感动了骏马。而骏马知道自己做了错事也毫不纵容自己，懂得羞愧和悔改。我们做人也要有这两匹马的精神：宽以待人，知错就改。

❋　　　❋　　　❋　　　❋　　　❋

从前，有两个人骑着马并排走在路上，一个人骑着一匹国马，另一个人骑的是一匹骏马。

这两匹马的性格不太相同，国马温顺，骏马暴躁，在一起行路的时间长了，免不了有些磕磕碰碰的。也不知道究竟是为了什么，骏马忽然在国马的颈上咬了一口，顿时鲜血直流。国马负痛跳开，但它并没有扑上去和骏马厮打，只是委屈地低低嘶鸣了几声，盯着骏马看了一会儿，还是照原来那样驮着主人默默赶路。

时间不长，骏马就随主人回家了。说来奇怪，骏马回家以后，也不知是被什么所困扰，一直都惊恐不安，有两天的时间，不管主人怎么哄它、打它，用尽了各种办法，它都既不吃东西，也不肯喝一口水，成天站在马厩里，两腿索索发抖，像是很恐惧的样子。

骏马的主人对此感到十分迷惑不解，就去找国马的主人问道："我那匹骏马，也不知是不是得了什么病，我用最好的草料喂它，它

脍炙人口的寓言故事

一口也不尝，我用鞭子逼着它吃，它也还是无动于衷，这可怎么办哪!"

国马的主人一听就明白了，解释说:"那一定是骏马为自己的行为感到惭愧和后悔了。这样吧，我带国马去看看它，让它明白就好了。"

于是，国马的主人就牵着国马去看骏马。国马一见到骏马，就迎上去用鼻子围着它嗅来嗅去，一副亲密的样子。骏马见国马一点嫌隙的意思都没有，也就用鼻子嗅着国马，表示欢迎，两匹马开始一块儿有滋有味地吃起草来。

八、本质与表象

要追求真理，要信赖真理，这
是人性中的最高品德。

——培根

庖丁解牛

导读

这则寓言告诉我们：世间万物都有其固有的规律性，只要你在实践中做有心人，不断摸索，久而久之，熟能生巧，事情就会做得十分漂亮。

❈　　❈　　❈　　❈　　❈

这一天，庖丁被请到文惠君的府上，为其宰杀一头肉牛。只见他用手按着牛，用肩靠着牛，用脚踩着牛，用膝盖抵着牛，动作极其熟练自如。他在将屠刀刺入牛身时，那种皮肉与筋骨剥离的声音，与庖丁运刀时的动作互相配合，显得是那样地和谐一致，美妙动人。他那宰牛时的动作就像踏着商汤时代的乐曲《桑林》起舞一般，而解牛时所发出的声响也与尧乐《经首》十分合拍。

站在一旁的文惠君不觉看呆了，他禁不住高声赞叹道："啊呀，真了不起！你宰牛的技术怎么会这么高超呢？"

庖丁见问，赶紧放下屠刀，对文惠君说："我做事比较喜欢探究事物的规律，因为这比一般的技术技巧要更高一筹。我在刚开始学宰牛时，因为不了解牛的身体构造，眼前所见无非就是一头头庞大的牛。等到我有了3年的宰牛经历以后，我对牛的构造就完全了解了。我再看牛时，出现在眼前的就不再是一头整牛，而是许多可以拆卸下来的零部件了！现在我宰牛多了以后，就只需用心灵去感触牛，而不必用眼睛去看它。我知道牛的什么地方可以下刀，什么地方不能。我可以娴熟自如地按照牛的天然构造，将刀直接刺入其筋骨相连的空隙之处，利用这些空隙便不会使屠刀受到丝毫损伤。我既然连骨肉相连的部件都不会去硬碰，更何况大的盘结骨呢？一个技术高明的厨师因为是用刀割肉，一般需要一年换一把刀；更多的厨工则是用刀去砍骨头，所以他们一个月就要换一把刀。而我的这把刀已经用了 19 年了，宰杀过的牛不下千头，可是刀口还像刚在磨刀石上磨过一样的锋利。这是为什么呢？因为牛的骨节处有空隙，而刀口又很薄，我用极薄的刀锋插入牛骨的间隙，自然显得宽绰而游刃有余了。所以，我这把用了 19 年的刀还像刚磨过的新刀一样。尽管如此，每当我遇到筋骨交错的地方，也常常感到难以下手，这时就要特别警惕，瞪大眼睛，动作放慢，用力要轻，等到找到了关键部位，一刀下去就能将牛剖开，使其像泥土一样摊在地上。宰牛完毕，我提着刀站立起来，环顾四周，不免感到志得意满，浑身畅快。然后我就将刀擦拭干净，置于刀鞘之中，以备下次再用。"

文惠君听了庖丁的这一席话，连连点头，似有所悟地说："好啊，我听了您的这番金玉良言，还学到了不少修身养性的道理呢！"

九方皋相马

导 读

这则寓言启发我们：看问题时要有所舍弃才有所专注，同时要将获得的感性材料去伪存真，去粗取精，这样才能把握住事物的本质。

伯乐是春秋战国时期秦国有名的相马能手，他的相马技能是天

下有名的。

在伯乐暮年之时，有一回秦国国君秦穆公召见他对他说："您的年纪也很大了啊！在您的后辈人中有谁能够继承您寻找千里马的本领呢？"伯乐回答道："对于一般的良马，它的特征很明显，是可以从其外表上、筋骨上观察得出来。而那天下难得的千里马呀，看起来它与一般的好马差不多，论其特征，也是很难捉摸，好像是若有若无、若隐若现。不过，千里马奔跑起来，又轻又快，刹那间从你眼前一闪而过，不一会儿远驰得无影无踪，让人看不到飞扬的尘土，寻不着它奔跑的足蹄印儿。我的儿子们都是才能低下的人，对于好马的特征，我可以告诉他们，对于千里马的特征，那只能意会，不可言传，仅凭自己相马的经验来判断，他们是无法掌握的。不过，在过去同我一起挑过菜、担过柴的人当中，有一个名叫九方皋的人，他的相马技术很高，的确不比我低，请大王召见他吧。"秦穆公便召见了九方皋，叫他到各地去寻找千里马。

九方皋到各处寻找了 3 个月后，回来报告说："我好不容易为大王您寻找到了一匹千里马。不过，那匹千里马眼下正在沙丘那个地方。"秦穆公问："那匹马是什么样的马呢？"九方皋回答："那是一匹黄色的母马。"秦穆公于是派人去取，却是一匹黑色的公马。这时候秦穆公很不高兴，就把伯乐叫来，对他说："你该怎么解释呢？太不中用啊！你推荐的人连马的毛色与公母都分辨不出来，又怎么能认识出千里马呢？"

伯乐这时长叹一声说道："想不到他识别马的技术竟然高到这种地步了啊！这就是要高出我千倍万倍乃至无法计算的长处了。像九方皋看到的，是马具有的精神和机能，他看马时，眼里只看到了马的特征而不是马的皮毛，注重它的本质，去掉它的表象；他只看那应该看到的东西，不去注意那不该注意的东西；他审察研究时，只注意那应该审察研究的方面，抛弃了那不必审察的方面。九方皋相马的价值，远远高于千里马的价值，这正是他超过我的地方啊！"等到把那匹马从沙丘那地方牵到秦穆公和伯乐面前时，大家一看，果然是名不虚传的、天下少有的千里马。

五十步笑百步

导　读

这篇寓言故事说明：看事物应当看到事物的本质与全局，不能只看表面和局部。邻国国君不管灾荒年间老百姓的生活，是不爱百姓的国君。梁惠王常调动百姓去打仗，致使民不聊生，仍然是不爱百姓的国君。

❋　　　❋　　　❋　　　❋　　　❋

梁惠王好驱使百姓与邻国打仗。有一次梁惠王召见孟子，问道："我在位，对于国家的治理，可以说是尽心尽意的了。河内（今河南省黄河北岸）常年发生灾荒，收成不好，我就把那里的一部分老百姓迁移到收成较好的河东去，并把收成较好的河东地区的一部分粮食运到河内来，让河内发生灾荒地区的老百姓不至于饿死。有时河东遇上灾年，粮食歉收，我也是这样，把其他地方的粮食调运到河东来，解决老百姓的无米之炊。我也看到邻国当政者的做法，没有哪一个像我这样尽心尽意替自己的老百姓着想的。然而，邻国的百姓没有减少，而我的百姓也没有增多，这是什么原因呢？"

孟子回答说："大王喜欢打仗，我就用打仗来打个比方吧。战场上，两军对垒，战斗一打响，战鼓擂得咚咚地响，作战双方短兵相接，各自向对方奋勇刺杀。经过一场激烈拼杀后，胜方向前穷追猛杀，败方就有人丢盔弃甲，拖着兵器逃跑。那逃跑的士兵中有的跑得快，跑了一百步停下来了；有的跑得慢，跑了五十步停下来了。这时，跑得慢的士兵却为自己只跑了五十步就嘲笑那些跑了一百步的士兵是胆小鬼，您认为这种嘲笑是对的吗？"

梁惠王说："不对，他们只不过没有跑到一百步罢了，但是这也是临阵脱逃啊！"

孟子说："大王如果明白了这其中的道理，那么就无须再希望您的国家的老百姓比邻国多了。"

疑邻偷斧

导 读

这则寓言告诉我们：遇到问题要调查研究再作出判断，绝对不能毫无根据地瞎猜疑。疑神疑鬼地瞎猜疑，往往会产生错觉。

✿　　　✿　　　✿　　　✿　　　✿

从前，在乡下有一个人，他在自家的地窖中储存种子的时候，将一把斧头忘了从地窖中带出来。几天以后，他在又要用斧头时，才发现自家的斧头已经不见了。放在自己家的斧头到哪里去了呢？他在自己家的门后面，桌子下面，堆柴草的房里到处找遍了，还是没有找到，他就怀疑是他邻居家的儿子偷去了。到底是不是邻居家的儿子偷了呢？没有证据不能乱讲。于是，他仔细地观察邻居家那个儿子，觉得是他偷了斧头了。看他那走路的样子，很像是偷了斧头的，不仅如此，连他的神态、动作、表情也像，甚至他说话时的声调，都像是偷了斧头一样。总之，越看越像，他几乎可以肯定，就是邻居的儿子偷了自己家的斧头了！

又过了几天，这个人又要到地窖去储存物品了。当他打开地窖门，下到地窖里的时候，发现了自家那把不见了好多天的斧头正躺在自家地窖里的地面上。

到了第二天，这个人再去看邻居家的儿子的时候，他的一举一动、一言一行，就连笑的神态，一点儿也不像是偷斧头的样子了。

不龟手之药

导 读

同样是这个不龟手之药，宋国人世世代代用来漂洗丝絮，结果始终贫困交加；而吴国用来作战，则可以战胜敌国。由此可见，同样一个事物，由于使用方法和对象不同，其结果和收效也会大不一样。

✿　　✿　　✿　　✿　　✿

宋国有个人善于炮制防止冻裂的不龟（jūn）手之药，他的家族靠着这个祖传秘方，世世代代以漂洗丝絮为业，始终勤勤恳恳，披星戴月，但由于收入菲薄，生活总是很贫困。

有位远道而来的客人，听说有不龟手之药的秘方，愿以百金求购。这可是个大数目！不龟手之药的主人动心了。但想到祖传的秘方要卖出去，也是件大事，于是集合全家族的成员共商转让之事。大家七嘴八舌一番议论，最后总算统一了思想：祖祖辈辈以漂洗丝絮为生，收入太少，今天一旦出售药方，可以获取大笔金钱，何乐而不为？于是全体成员一致同意把药方卖出去。

客人得到秘方以后，立即奔赴吴国，对吴王说，今后将士在寒冬打仗，再也不用为冻手犯难了。不久，越国大军压境，吴国告急，吴王委任此人统帅大军。此时正值严冬，吴越两军又是进行水战。由于吴军将士涂抹了不龟手之药，战斗力特别旺盛，因而大胜越军。班师回朝后，吴王大喜过望，颁诏犒赏三军，同时将献药之人视为有特殊贡献的统帅，割地封赏嘉奖他。

浇水与添薪

导　读

　　墨子与巫马子的这场论辩证明：在一般情况下，人们判断一件事的好坏，当然主要是看其所产生的社会效果。但有时当某人的计划、打算尚未付诸实行时，我们也可以从他提出的这一计划、打算的动机出发，推断其效果的好坏。

❀　　　❀　　　❀　　　❀　　　❀

战国时代有个哲学家名叫巫马子，他有一次对墨子说："您提倡兼爱哲学，主张世界上所有的人都应当团结友爱、平等相待，可是却没能给别人带来什么直接的好处；我主张各人顾各人，人人自行其是，独来独往，也没听说伤害了谁。我们两人迥然不同的哲学主张，目前都还没有显示出其应有的社会效果来，可是为什么您总是认为只有自己的理论是对的，而要全盘否定我的理论呢？"

　　墨子并没有正面回答巫马子的提问，而是另外举了一个例子。他说："假如现在有人在这里放火，一个人看到后赶紧去提水，准备把火浇灭；而另一个人则打算往火里添柴，希望这火势越烧越旺。

不过，这两个人现在仅仅只是在心里这样想，一时还未付诸行动。那么请问，您对这两个人作何评价呢？"

巫马子不假思索地回答："我当然认为那个准备提水灭火的是好人，而想在火上添柴的人则是居心叵测、需要提防的。"

墨子于是笑了，他说："对呀！这就说明我们议人论事不能忽视其动机。而今，我主张兼爱天下的动机是好的，所以我肯定它；而您主张不爱天下的动机则令人费解，所以我当然要否定它。"

金钩桂饵

导　读

　　鲁国人钓鱼的故事告诉我们：做任何事情，如果只将注意力单纯放在外在的形式上，而忽视了其实际的效用，过分追求搭花架子装点门面，这是很难有所收获的。

✸　　　✸　　　✸　　　✸　　　✸

在春秋时代的鲁国，有个人非常喜欢钓鱼，他在自己的钓具和饵料上花了不小的功夫：他用馥郁芬芳的名贵香料肉桂制成鱼饵，用黄金打造出极其精致的渔钩，并且在鱼钩四周镶嵌上白银丝线和青绿色的美玉，而钓鱼绳则要用极其珍贵的翡翠鸟的羽毛来装饰一番。

每当钓鱼的时候，他总是早早地来到小河边，找好一个位置，摆好架势，正襟危坐。如果单从他手持钓竿的姿势和选择的钓鱼位置来看，毫无疑问都是极其标准规范的，甚至还能显示出钓者的某种优雅和闲适来。

然而他即使这样坐上整整一天，直至傍晚收竿的时候，别人往往都能满载而归，而他钓得的鱼却没有几条，有时甚至空手而返。

邯郸学步

导 读

邯郸学步的故事告诉人们，生搬硬套的学习方法是不可取的，不但没学到别人的技能，反而连自己原有的也给丢了。这告诫我们学习应有选择，应灵活运用方式方法。

✿   ✿   ✿   ✿   ✿

战国时候，燕国有个青年人，他听说赵国都城邯郸的人特别有风度，他们走起路来，不紧不慢，又潇洒又优雅，那姿势特别好看。于是这位燕国青年决定要去赵国学邯郸人走路的姿势。他不顾家人的反对，带上盘缠，跋涉千里，专程赶到邯郸一心要学邯郸人走路的样子。

他来到大街上，看着来来往往的人群，看得他都发了呆，不知该怎样迈开步子。这时，迎面走来一个人，年龄和这位燕国青年相仿，那走路的样子实在令人羡慕。于是等那人走过，燕国青年便跟在他后面模仿，那人迈左脚，燕国青年也迈左脚，那人迈右脚，燕国青年也迈右脚，稍一不留心，他就搞乱了左右，搞得他十分紧张，哪还顾得了什么姿势。眼看那人越走越远，燕国青年渐渐跟不上了，他只好又回到原地。接着他又盯住了一个年纪稍大的人，他又跟在别人身后一步一趋地学走路，引得街上的人都停下脚步来看他，有的人还捂着嘴笑。

脍炙人口的寓言故事

几天下来，他累得腰酸腿疼，甚至连路都走不动了，但学去学来总是学不像。

燕国青年心想，学不好的原因肯定是自己原来走惯了的老姿势和步法，于是，他下决心丢掉自己原来的习惯走法，从头开始学习走路，一定要把邯郸人的步法学到手。

可是，一连过了好几个月，燕国青年越学越差劲，不仅连邯郸人的走法没学会，而且还把自己原来是怎么走路的也全忘了。眼看带来的盘缠已经花光，自己一无所获，他十分沮丧，于是只好回家了。

可是他又忘了自己原来是怎样走路的，竟然迈不开步子了。无奈，燕国青年只好在地上爬着回去，那样子好不狼狈。

满奋畏寒

导　读

南方的牛看见月亮热得喘气和满奋见树枝摇晃冷得发抖都是一个道理：见到与某些印象极深的东西相关的事物就会产生条件反射，作出与见到前者相同的反应。可见我们在看到相似的现象时，不要只考虑表面现象就轻易下结论，而应该仔细地调查分析一番，才能够得出正确的结论来。

✳　　✳　　✳　　✳　　✳

晋朝初年，有个名叫满奋的人，长得身材高大魁梧，似乎体格十分健壮。其实满奋非常怕冷，遇到刮风下雨的天气，他总是穿得多多的，还缩着脖子笼着双手，恨不得整个人都缩到衣服里面去。

他家里从深秋时候便生起炉子来烤火，一到冬天，他更是成天都坐在炉火边，能不出去就不出去。

一个深秋的早晨，夜里刚下过霜，屋顶的瓦片上，树的枝干上，都铺了厚厚的一层霜。狂风呼啸，黄叶在风中旋转、飞舞，寒意逼人，直侵入人的骨髓。

即位不久的晋武帝派人来宣召满奋马上入宫去议事。满奋忙不迭地穿上一件又一件厚衣服，一出府门就赶紧一头钻进了蒙着厚厚的轿帘的轿子中去了。

到了宫中，晋武帝让满奋在靠南的位置上坐下，然后就开始和他商谈朝政。说了一会儿话，晋武帝忽然发现满奋紧皱双眉，浑身打战，嘴唇更是筛糠般抖得厉害，脸色也很不好看，就很关切地问他说："你是不是身体不舒服？如果有什么病的话，就先回家去休息吧。"

满奋哆哆嗦嗦地指着北窗说道："陛下，今天刮起了大风，臣觉得十分寒冷。"

晋武帝回过头来看了看北窗，北窗上面装的是玻璃屏，透过玻璃屏可以看见外面的树枝被风吹得摇晃得厉害，黄叶漫天飘飞，但是风却没有透进来。晋武帝不禁笑了起来，对满奋说："那里装的是玻璃屏，外面就算风再大，也根本吹不进来，你怎么会觉得冷呢？"

满奋听了很不好意思，红着脸解释道："臣听说南方一带的牛怕热，看到月亮也以为是太阳，于是就热得喘起气来。臣一向怕冷，看见树枝在寒风里摇晃就好像南方的牛见到月亮也会喘气一样感到寒冷无比，以至于会发起抖来，请陛下恕臣失礼。"

晋武帝听了这话，想了想觉得挺有道理，就没有怪罪满奋，又和他稍稍谈了一会儿话以后就让他回去了。

纸上谈兵

导　读

　　故事中讲赵括纸上谈兵，并无真才实学，而赵王还对他委以重任，结果招致惨痛失败。看来，教条主义的危害是不可轻视的。

❋　　　　❋　　　　❋　　　　❋　　　　❋

　　赵奢是赵国名将，为赵国屡建战功。可是赵奢的儿子赵括却不像父亲。

　　赵括从小的确读了不少兵书，谈起用兵之道那简直是滔滔不绝，连他父亲都不如他。于是，赵括自以为是，觉得自己是了不起的军事家，他狂妄地认为自己在军事上已经是天下无敌了。然而赵奢却不这么认为，他不但从未赞扬过儿子的夸夸其谈，反而却常常担忧地说："日后赵国不让赵括带兵便罢，如果让他带兵打仗，那么断送赵国前程的将必是赵括无疑。"

　　过了几年，赵奢死去了。

　　这一年，秦国对赵国大举进攻，赵国派了年龄很大的将军廉颇率军迎敌。开始，赵军连连失利。在这样的情况下，廉颇改变战略方针，他下令让军队坚守城池，以逸待劳，不要主动出击，保存实力守住阵地从而拖垮秦军。结果真的如他所料，秦军由于远道而来，经不住廉颇的拖延，粮草渐渐接不上，快要支撑不下去了，秦军十分恐慌。于是秦军也施展计谋，派人悄悄潜入赵国散布流言说："秦军谁都不怕，就怕赵括担任大将。"

　　赵王正在为廉颇在军事上毫无进展而闷闷不乐，听到外面流传的那些说法，便撤掉廉颇，要派赵括担任大将来统帅军队。赵括的母亲记住丈夫生前的嘱咐，再三向赵王说明情况，极力劝告赵王收回决定，可是赵王哪里听得进去，他真的任命了赵括担任大将来取代廉颇。

赵括一到前线，便开始胡乱指挥起来。他完全改变了廉颇的策略，大量撤换将官，一时间弄得人心惶惶军心涣散。

秦军得知赵军这些情况，自然正中下怀。一天深夜，秦军派一支队伍偷袭赵营，刚一交战，便佯装败走。同时，秦军又派兵乘机切断了赵军的粮道。

赵括不知实情，还以为秦军真的是败逃。他得意地想，取胜即在眼前，这正是表现自己的时候。于是他命令部队紧紧追击。结果，赵军追了一段后即被秦军伏兵将追兵拦腰截断，使赵军首尾不能相顾。然后，秦军一齐杀出，将赵军各个击破，团团围住。

赵军被秦军围困 40 多天，粮食早已吃光又没有接应，一时间军心大乱。赵括一筹莫展，满肚子的兵法也不知如何施展。眼看守下去也是活活饿死，便率军仓皇突围。

可是军心大乱的赵军怎敌秦军四面掩杀，哪里突得出去。结果赵括被乱箭射死，40 万赵军也全军覆没。从此以后赵国就一蹶不振。

皮毛相依

导　读

任何事情都是一样的道理，基础是根本，是事物赖以存在的依据，如果本末颠倒，将得不偿失。

✿　　✿　　✿　　✿　　✿

有一年，魏国的东阳地方向国家交纳的钱粮布帛比往年多出 10 倍，为此，满朝廷的大臣高兴得不得了，一齐向魏文侯表示祝贺。

魏文侯对这件事并不乐观。他在思考：东阳这个地方土地没有增加、人口也还是原来那么多，怎么一下子比往年多交 10 倍的钱粮布帛呢？即使是丰收了，可是向国家上交也是有比例的呀。他分析这必定是各级官员向下面老百姓加重征收得来的。这件事使他想起了一年前他遇到的一件事。

一年前，魏文侯外出巡游。一天，他在路上见到一个人将羊皮统子反穿在身上，皮统子的毛向内皮朝外，那人还在背上背着一篓喂牲口的草。

魏文侯感到很奇怪，便上前问那人道："你为什么要反穿着羊皮衣，把皮板露在外面来背东西呢？"

那人回答说："我很爱惜这件皮衣，我怕把毛露在外面搞坏了，特别是背东西时，我怕毛被磨掉了。"

魏文侯听了，很认真地对那人说："你知道吗？其实皮板更重要，如果皮板磨破了，毛就没有依附的地方了，那你想舍皮保毛不是一个错误的想法吗？"

那人依然执迷不悟地背着草走了。

如今，官吏们大肆征收老百姓的钱粮布帛而不顾老百姓的死活，这跟那个反穿皮衣的人的行为不是一样的吗？

于是，魏文侯将朝廷大臣们召集起来，对他们讲了那个反穿皮衣的人的故事，并语重心长地开导他们说："皮之不存，毛将焉附？如果老百姓不得安宁，国君的地位也难以巩固。希望你们记住这个道理，不要被一点小利蒙蔽了眼光，看不到实质。"众大臣深受启发。

钻牛角尖

导 读

　　生活中有些人只知道片面地抓住某些事物的表面相似之处，把偶然的巧合当作必然的联系，因而犯了偷换概念、混淆是非的逻辑错误。就如同寓言中的读书人一样。生硬的联系只会闹出笑话来。

❀　　　❀　　　❀　　　❀　　　❀

　　有一个读书人，本来没有大学问，可不论见到什么事都喜欢与人争论。

　　一天，这个读书人到艾子那儿去，表面上好像是请教艾子而实则是刁难人。他问艾子说："凡是大车的车身下面和骆驼的脖子上，都系着铃铛，这是为什么呢？"

　　艾子回答说："大车和骆驼都是很大的，而车和骆驼又经常在夜间赶路，如果它们一旦狭路相逢，就难以回避而相撞。因此，给它们挂上铃铛正是为了在离得还较远时就互相给对方送个信，以便提前回避。"

　　不等艾子说完，那人又问："佛塔的顶端也挂着铃铛，佛塔永远都固定在一定的地方，难道佛塔也需要挂上铃铛以便夜间行走避免相撞吗？佛塔为什么也要挂上铃铛呢？"

　　艾子有点不高兴地说："你这个人真是死板。你没看到那些雀鸟总喜欢在高处筑巢吗？它们筑巢的地方总会撒下污秽不堪的粪便，在塔上挂着铃铛，雀鸟飞来时，铃铛便摇晃作响，这样，雀鸟就不敢来筑巢了。这和大车、骆驼挂铃铛完全是不相干的事。"

　　这个读书人好像很不知趣，他又问："猎鹰、鹞子的尾巴上也都带着小铃，这也是为了防止雀鸟在它们的尾巴上筑巢吗？"

艾子一听，"扑哧"一声忍不住笑了，说："看你也是个读书人，是故意装傻呢还是真不开窍呢？猎鹰、鹞子捕捉鸟兽常常进入树林或灌木丛中，束脚的绳子有时被树枝挂住，挣脱不开，于是它们在振动翅膀时铃声就会响起来，猎人听到铃声，就可以知道它们在哪里从而找到它们。猎鹰、鹞子脚上系铃铛当然跟雀鸟筑巢没什么关系啦。"

读书人还不罢休，继续纠缠着问艾子："我见过那送葬的队伍，前面有个人总是摇着铃铛唱挽歌。我原先还不明白是为什么，现在才知道了，原来是怕树枝缠住他的脚，以便让人们循着铃声好找到他呀。只是我还想问您，那个人脚上的带子是用皮条做的呢，还是用丝线编成的呢？"

艾子实在不耐烦了，生气地回答读书人说："那个摇铃铛的人是死者的向导，因为这死者生前好狡辩、刁难人，实在难缠，所以才摇着铃铛让他的死尸感到快乐呀！"

读书人至此终于无话可说了。

谁偷了金钗

导　读

木八剌夫妇因一时的主观推断使婢女含冤而死，故事说明：世界上的事情是错综复杂的，怎么能单凭主观推断、只看表面现象就下结论呢？这样只会把事情弄糟，甚至犯下不可弥补的大错。所以，任何事情都不能任凭自己主观臆断，应有事实根据。

164

从前，有个西域人，名叫木八剌（là）。这天，他正和妻子一同吃饭。婢女端上来一盘肉，木八剌的妻子取下头上的小金钗从盘子里穿起一块肉，正要吃时，门外喊着有客人求见。木八剌起身去迎客人，他妻子也赶紧放下穿着肉的金钗，起身去为客人沏茶。待客人走后，他们夫妻二人重新回到餐桌旁，一看，发现穿着肉块的金钗不见了。

当时，除了木八剌夫妻外，只有一个婢女在忙进忙出，于是，木八剌夫妇二人都一口咬定是婢女偷了金钗。他们逼婢女跪下，要她将金钗拿出来。婢女哭着说，她确实没有偷。木八剌的妻子非常生气，便拿来棍棒，一次次逼问拷打这个可怜的小婢女。小婢女始终坚持说她没有偷金钗，最后，竟被木八剌夫妇拷打至死，金钗最终也没有找到。

一年以后，木八剌请工匠修理房屋。工匠在房顶上清理瓦沟里的脏物时，忽然有一件东西掉到地上，发出金属的响声。木八剌在一旁看到，赶紧拾起一看，原来是她妻子一年前丢失的那支小金钗，同时还有一块朽骨头同金钗一同落下来。

木八剌连忙把妻子叫来，夫妻二人这才恍然大悟，原来想必是猫趁主人不注意偷肉吃，把小金钗一同叼到房顶上，当时谁也没注意，连小婢女也没看到，以至于含冤而死，实在可怜。那木八剌夫妇也深感愧疚不安，可惜，后悔晚矣。

良弓和利箭

导 读

这个故事告诉我们，有些事情是相互依赖对方而存在，通过对方才能显示出它本身的光彩来。如果我们看不到事物的相互联系而片面地强调一面，那就很难使之发挥出真正的优势来。

❋　　❋　　❋　　❋　　❋

有一个人背着一把大弓，四处游历。他那张弓确实是漂亮，雕花的弓弯，上好牛皮条做的弓弦，可就是空背在背上，英雄无用武之地。有人上前好奇地问他说："为什么只见你有弓而没有箭呢？"那人骄傲地回答说："我的弓是最好的弓，可惜还没有发现可供它使用的箭！"

又有一个人拿着一支箭，到处转悠。他那支箭的确是支好箭，箭头包着银，锐利而闪闪发亮，箭尾上带着漂亮的羽毛。可是这支箭只能一天到晚提在这个人手中，不能实现它高远的理想。有人走过去不解地问："怎么你只是手里拿着一支箭空转悠，你的弓呢？"那人不以为然地笑笑说："我这支箭太好了，举世无双，可惜还没有见到能发射它的好弓！"

这两个人的话被后羿（yì）听见后，后羿立即找到那个有良弓的人，又找到那个有利箭的人，对他们说："你们的弓和箭的确都是上好的。可是，你的箭再好，不用弓发射，这支箭也只能束之高阁或被你永远地握在手中。再说你的弓，再好的弓如果没有箭，也只能是张空泛无用的弓。"

这两个人听了后羿一番话，似乎有些明白了。于是后羿对他俩说："来，把你们的良弓、利箭合在一起，我来教你们射箭，你们再来真正领略一下你们的弓和箭好在哪里吧！"

良弓和利箭配合使用，竟发挥出了意想不到的功效，让两人惊叹不已。

瞎子摸象

导　读

我们认识事物，一定要从多个角度来多方面去考察，才能得到最全面的了解。如果只知道个局部就以为自己已经全明白了，从而片面地看待事物，就不免会闹出瞎子摸象这样的笑话。

✳　　　✳　　　✳　　　✳　　　✳

很久很久以前，印度有一位国王，他心地善良，很乐意帮助别人，对臣民们也是如此。

有一次，几个瞎子相携来到王宫求见国王。国王问他们说："有什么事我可以帮你们的吗？"瞎子们答道："感谢国王陛下的仁慈。我们天生就什么也看不见，听人家说，大象是一种个头巨大的动物，可是我们从来没有见过，很是好奇，求陛下让我们亲手摸一摸象，也好知道象究竟是什么样子的。"

国王欣然应允，就命令手下的大臣说："你去牵一头大象来让这几个瞎子摸一摸，也好了却了他们的心愿。"大臣遵命去了。

不一会儿，大臣便牵着大象回来了，"象来了，象来了，你们快过来摸吧！"

于是，几个盲人高高兴兴地各自向大象走了过去。大象实在太大了，他们几个人有的摸到了大象的鼻子，有的摸到了大象的耳朵，有的摸到了大象的牙齿；有的碰到了大象的身子，有的触到了大象的腿，还有的抓住了大象的尾巴。他们都以为自己摸到的就是大象，仔仔细细地摸索和思量起来。

过了好一会儿，他们都摸得差不多了。国王问道："现在你们明白大象是什么样子的了吗？"瞎子们齐声回答："明白了！"国王说："那你们都说说看。"

摸到象鼻子的人说："大象又粗又长，就像一根管子。"摸到象耳朵的人忙说："不对不对，大象又宽又大又扁，像一把扇子。"摸到象牙的人驳斥说："哪里，大象像一根大萝卜！"摸到象身的人也说："大象明明又厚又大，就像一堵墙一样嘛。"摸到象腿的人也发表意见道："我认为大象就像一根柱子。"最后，抓到象尾巴的人慢条斯理地说："你们都错了！依我看，大象又细又长，活像一条绳子。"

瞎子们谁也不服谁，都认为自己一定没错，就这样吵个没完。

鸩鸟和毒蛇

导 读

　　鸩鸟和毒蛇都是有毒的动物，后者死有余辜，前者却深得人们的喜爱，这是因为它们一个是用毒来害人，一个是为了帮助人才会有毒。我们看待事物，不能仅从表面上去区别，而应该深入其本质，才能作出正确的判断。

鸩（zhèn）鸟和毒蛇都是带有剧毒的动物。鸩鸟的羽毛可以在酒饭里下毒，能够致人死命；毒蛇一口下去，牙里的毒液也足以使人死亡。

有一次，鸩鸟和毒蛇相遇在一起，鸩鸟扑打着翅膀，准备把毒蛇啄起来吃掉。

毒蛇急中生智，赶紧说："喂，别吃我，快别吃我！人们最厌恶的就是有毒的东西，你身上带有剧毒，都是因为吃了我们毒蛇的缘故。我的毒是没有办法除去了，可是你还有机会，只要你不吃我，身上就不会再有毒了，人们就不会厌恶你了！"

鸩鸟冷笑了几声，开口说道："你这条可恶的毒蛇，少在这里花言巧语，我不会相信你的鬼话的！"

鸩鸟加了把劲，把爪下的毒蛇按得更紧了，接着说道："你说得很对，我的确有毒，但是人们所厌恶的只是你，而并不是我。你的毒牙里带有剧毒，专门用毒牙去咬人，置人于死地。你是主动去害人，人们自然痛恨你。而我就不同了，我从不用毒去害人，就是偶尔有人用我的羽毛去做些图谋不轨的事，也只是极少数心术不正的人所为，并不关我什么事。我不但不害人，还是毒蛇的天敌，我帮助人们消灭你，所以我是人们的好朋友，人们喂养我来捕杀你。你才是真正的害人精，今天我决不会放过你的！"

话音未落，鸩鸟就猛地啄了下去，把毒蛇吃掉了。

肠子烂了

导　读

赵伯公遇事不作调查，随便凭主观臆断，结果酿成了一场虚惊。可见我们平时碰到事情，应该仔细分析，才能得出正确的结论。

从前，有个叫赵伯公的人，长得特别肥胖，肚子圆得裤带都几乎兜不住了，肚脐眼又大又深。夏天一个闷热的中午，赵伯公坐在树阴下，一边乘凉一边喝酒，还吃了好多西瓜和李子当下酒菜，十分潇洒惬意。不知不觉地，赵伯公多喝了几杯，头昏昏沉沉的，就一头躺在床上睡起觉来。

赵伯公有个顽皮的小孙子，爬到爷爷身上，骑在他的肚皮上玩。赵伯公睡得正香，鼾声如雷，一点也不知道。小孙子把爷爷当马骑了一会儿，觉得没意思了。再玩点什么好呢？他一眼瞧见赵伯公的肚脐眼，眼珠一转，有了主意。调皮的小孙子抓起桌上的李子，一个一个往赵伯公的肚脐眼里塞。赵伯公的肚脐眼也真够大的，竟然装下了七八个李子，可他自己还是睡得死死的，丝毫没有觉察到小孙子的恶作剧。

过了几天，肚脐里的李子全都腐烂了，流出汁来。赵伯公这才觉得肚脐有点疼，他低头一看，呀，不得了，只见红红的李子汁流得满肚子都是。赵伯公大惊失色，以为是肚子那儿烂了一个大窟窿，自言自语地说道："完了，肠子烂了，这回是非死不可了！"他把妻子和家人都叫到一起，痛哭流涕地说："我的肠子烂了，把肚子都烂穿了一个洞，看来我是活不了了，我实在舍不得你们和人间的生活，但是没有办法，我自己福薄命短，不得不先去了。我死后你们要好自为之，相亲相爱，不要吵闹斗气。"赵伯公说完了遗言，又亲自向妻子安排怎样操办葬礼的事，把他认为该办的事全都办好了以后，就开始一心一意地等待死神降临了。

一天过去了，什么事也没发生；两天过去了，赵伯公还好好地活着。三天以后，李子完全烂光了，李子核从赵伯公的肚脐里滚了出来。赵伯公奇怪极了，碰到家人就说："也不知是怎么了，从我的肚脐里滚出来好多李子核。"小孙子在一边听到了，拍手笑着说："爷爷，那是你睡着的时候，我塞进去的李子呀！"赵伯公听了恍然大悟：原来前几天流的是李子汁呀！这下，赵伯公转悲为喜了。

独目网捕鸟

导 读

　　故事中的人只会片面、孤立地看问题，因此只看到了一只鸟钻一个网眼的表面现象，却不懂所有网眼在一起互相配合才能捕鸟的本质规律。

❋　　　❋　　　❋　　　❋　　　❋

有一个人十分擅长捕鸟，他编织了捕鸟的罗网，那罗网上结满了密密匝匝的网眼，捕鸟人拿了这张网去捕鸟，每次都能捕到不少鸟雀。

　　这一天，捕鸟人又守候在树林里，他张开了他那张捕鸟罗网，又在网下撒些食物。不一会儿，有一群鸟雀飞下来了，果然，有不少的鸟雀撞到了网上，成了捕鸟人的囊中之物。

　　有个人一直在一旁看捕鸟人捕鸟，他觉得十分有趣。可是，他却发现了一个"秘诀"，那就是：一只鸟头只钻进一个网眼就被捉住了。于是他想道：既然网住一只鸟只需一个网眼就够，那干吗还要去编结那么多的网眼呢？成百上千个网眼，难道一次能网那么多鸟吗？那个捕鸟人也真是不嫌麻烦，实在太笨了。现在看我的吧。

于是他回到家里，将捕鸟的罗网来了一次"革新"。他将麻绳一根根结成单独的小圆圈，然后把这些小圆圈分别系在一根长竹竿上，准备也到树林中去捕鸟。

他把长竿靠在树丫上，守候着鸟雀撞在那一个个的圆圈里，可是一批批的鸟飞下来，又都飞走了，他在树林里守候了一天，连一根鸟羽毛都没得到。

他沮丧地扛着长竹竿回家。路上别人见了都觉奇怪，问他："你这个东西是做什么用的?"

他回答说："捕鸟用的。"

别人笑着说："新鲜! 还没见过这种捕鸟的东西呢。"

他说："这是我改进后的独目网。一只鸟只需钻一个网眼，我做的这个网不是比一张联结许多网眼的大罗网省事多了吗?"

别人问他："那你捕的鸟呢?"

他惭愧地低头不语。

宝石变废石

导　读

这个故事的教训是深刻的：一是要有识别能力和求教精神，自作聪明往往会弄巧成拙；二是要朴实自然和物尽其用，外表光亮不等于有实用价值。虽说"玉不磨不成器"，可有的玉一磨反而会变成废石。

✿　　✿　　✿　　✿　　✿

一天，有位从新疆来的珠宝商人到一户人家谈生意时，看见案

172

头上压着一块半透明的石头，就想用一块小玉饰换过来，主人没同意。后来又去谈了几次，主人故意把售价提得很高，而且还有附加条件，因而没有成交。

这家的主人心里想：这块不怎么起眼的石头居然有人再三想收购，如果将它整修一新，岂不是会令人更喜爱？于是，就用砂纸把这块半透明的石头郑重其事地打磨了一番，还钻了孔，系上了红丝带，显得圆润高贵。可是过了一年多，这块已打磨光亮的玉石仍然没有人问津，主人百思不解。

后来，那位从新疆返回来的珠宝商又来到这户人家，看见这块打磨过的石头后非常惋惜地说："这块石头其实是一块很稀罕的宝玉，原有十二个很小的孔，按十二时辰排列，每过一个时辰就会有一个孔变成红色，依次消失，周而复始。因此，这块玉石还是一种计算时间的天然仪器。可是，如今这玉石经打磨后，不仅分量减轻了，而且更重要的是能变色计时的小孔也被磨掉了，更使这块玉石的价值大打折扣。原来至少可卖万元以上，可现在就是一千元也没几个人想要了，因为这块玉石现在不仅太平常了，而且经打磨后容易风化变脆，若干年后会逐渐破碎。"说完，这位识货的新疆人转身便走了。

寻找千里马

导 读

伯乐的儿子错就错在把书本作为一成不变的教条，而不善于从实际出发来分析问题，这样怎么能找得到千里马呢？

❀　　　❀　　　❀　　　❀　　　❀

伯乐善于辨认千里马，他想把自己的儿子也培养成相马的能手。于是他给了儿子一本《马经》，要儿子按照《马经》上画的图样去寻找千里马。

儿子找啊，找啊，他每遇到一匹马，都拿《马经》上的图样来仔细核对，看看与书上画的特征是否相符。可是每次总有些细节对不上号。就这样找了一年，还是没找到一匹和书上画的一模一样的马。他只好垂头丧气地回去告诉父亲。伯乐劝他不要灰心，叫他出去接着找。

无奈，儿子又踏上了寻找千里马的征程。上哪儿去找呢？他抚摸着《马经》，叹了口气，不知道该怎么办才好。儿子漫无目的地走啊走啊，心里不停地问："千里马啊，你到底在哪里呢？"

正在发愁间，一只大蛤蟆一边"咕咕"地叫着，一边一蹦一跳地过来了。儿子看了半天，心下忽然"咯噔"一下："咦，这不就是……"他大喜过望，掉头就往家跑。

还没迈进家门，儿子便大嚷起来："我找到千里马了！我找到千里马了！"伯乐听了，忙奔出来问："快说说，你找到什么样的千里马了？"儿子上气不接下气地回答："我见过许许多多的马，只有这一匹和书上画的最像了。它也是头颅高高隆起，眼眶深陷，背脊缩着。只是有一样——它的蹄子却不像。"听完了儿子的话，伯乐心里明白了大半，他只得苦笑着说："孩子啊，这匹'马'虽好，可是它蹦蹦跳跳的，人骑上去怎么受得了呢？"话音刚落，儿子脸上的笑容顿时僵住了。

九、福与祸

福生于隐约，而祸生于得意。

——刘向

防患于未然

导　读

什么事情都要有个预见性，如果自己没意识到，听听别人的建议也是好的，防患于未然总比出了险情再去补救更为重要。

有一家人家做了新房子，但厨房没有安排好，烧火的土灶烟囱砌得太直，土灶旁边堆着一大堆柴草。

这家主人请客。有位客人看到主人家厨房的这些情况，就对主人说："你家的厨房应该整顿一下。"

主人问道："为什么呢？"

客人说："你家烟囱砌得太直，柴草放得离火太近。你应将烟囱改砌得弯曲一些，柴草也要搬远一些，不然的话，容易发生火灾。"

主人听了，笑了笑，不以为然，没放在心上，不久也就把这事忘到脑后去了。

后来，这家人家果然失了火，左邻右舍立即赶来，有的浇水，有的撒土，有的搬东西，大家一起奋力扑救，大火终于被扑灭，除了将厨房里的东西烧了一小半外，总算没酿成大祸。

为了酬谢大家的全力救助，主人杀牛备酒，办了酒席。席间，主人热情地请被烧伤的人坐在上席，其余的人也按功劳大小依次入座，唯独没有请那个建议改修烟囱、搬走柴草的人。

大家高高兴兴地吃着喝着。忽然有人提醒主人说："要是当初您听了那位客人的劝告，改建烟囱，搬走柴草，就不会造成今天的损

脍炙人口的寓言故事

失，也用不着杀牛买酒来酬谢大家了。现在，您论功请客，怎么可以忘了那位事先提醒、劝告您的客人呢？难道提出防火的没有功，只有参加救火的人才算有功吗？我看哪，您应该把那位劝您的客人请来，并请他上坐才对呀！"

主人听了，这才恍然大悟，赶忙把那位客人请来，不但说了许多感激的话，还请他坐了上席，众人也都拍手称好。

事后，主人新建厨房时，就按那位客人的建议做了，把烟囱砌成弯曲的，柴草也放到安全的地方去了，因为以后的日子还长着呢。

施家和孟家

导 读

这篇故事告诉人们：不论办任何事情，都必须考虑条件是否适合，对象选择得是否正确，要适应形势。对别人的经验不能生搬硬套，不然的话，必定会把事情办糟。

❋　　　❋　　　❋　　　❋　　　❋

鲁国有一户姓施的人家，有两个儿子，大儿子爱学儒家的仁义之术，小儿子爱学军事。大儿子用他所学的儒家仁义思想去游说齐王，得到齐王的赏识，聘请他为太子的老师。二儿子到楚国去，用他所学的法家军事思想游说楚王，在向楚王讲述自己的思想、观点时讲道理、举例子，有条有理，楚王听了很高兴，觉得他是个军事人才，就封他为楚国的军事长官。这样，兄弟两人一个在齐国任职，一个在楚国做官，他们赚的钱多，使家里很快富裕了起来。兄弟两人都有显赫的爵位，让他们家的亲戚朋友也感觉到非常荣耀。

施家邻居中有一户姓孟的人家，家庭情况与施家以前相仿：家境并不富裕，也是有两个儿子。大儿子与施家大儿子一样，好学儒家仁义之术；二儿子也是爱学兵法之术；两家的儿子还曾经在一道讨论学问，研究兵法。孟家为贫穷所困扰，生活很艰难。孟家看到施家这两年很快富裕起来，门口的马呀、车呀经常有来的，来的人员中有当兵的，也有当官的，真够荣耀，很有点羡慕施家。由于这两家一直都很友好，孟家就向施家请教如何让儿子取得官职的方法。施家的两个儿子就把自己怎样去齐国，怎样向齐王游说及如何到楚国，又如何对楚王游说和当官的经过如实地告诉了他们。

孟家两个儿子听到后，觉得这是个门路，于是大儿子准备到秦国去，二儿子准备到卫国去。

孟家大儿子到秦国去后用儒家学说游说秦王。他向秦王讲得头头是道，真是口若悬河，口才不错。秦王说："当前，各国诸侯都要靠实力进行斗争，要使国家富强的，无非是兵力、粮食。如果光靠仁义治理国家，就只有死路一条。"秦王心想：这个人固然有才能，他要我用仁义之术治国就是想要我国不练兵打仗，不积粮食不富裕，这能行吗？于是，命令军士对他施行了最残酷的宫刑，然后又将他赶出了秦国。孟家的二儿子到了卫国以后，用主张发展军事的学说游说卫王。他为了能让卫王采纳他的意见，能在卫国授爵当官，向卫王进言时有条不紊他讲述自己用兵的道理。卫王听后说："我们卫国是弱小国家，又夹在大国之间。对于比我们强的大国，我们的政策是要恭敬地侍奉他；对于同我们一样或比我们还要弱的小国，我们的方针是要好好地安抚他们，只有这样才是我们求得安全的好方法。你提的军事治国固然不错，但如果我依靠兵力和权谋，周围的大国就会联手攻打我国，我们的国家很快就要灭亡。假若我好生生地放你回去，你必定会到别国去宣传你的主张，别的国家发展了军事力量再对外扩张起来，会对我国造成很大的威胁。"卫王感到这个人既放不得，又留不得，于是派人砍断了他的双脚，然后把他押送回鲁国。

孟家的两个儿子回到家里，已是残废人了，全家人感到又悲又恨，他家父子三人找到姓施的人家里，悲痛地拍着胸脯责备施家。施家的人回答说："不论办什么事，凡是适应时势的就会成功、昌盛，违背时势的就会失败、灭亡。你们学的东西与我们相同，但是取得的效果却完全不同，为什么呢？这是由于你们选择的对象不同，同时又违背了时势啊。我们的做法和行为又有什么错误呢？"

得意忘形的老虎

导 读

老虎捕到了獐子高兴万分，却没料到中箭而死，真可谓是乐极生悲。人生在世，应该谨慎从事，不要被一时的胜利冲昏了头脑，以至于丧失了对危险的警惕，否则，就会埋上灾祸的隐患。

❋   ❋   ❋   ❋   ❋

从前有一个农夫，他的地在一片芦苇地的旁边。那芦苇地里常常有野兽出没，他担心自己的庄稼被野兽毁坏了，就总是拿着弓箭到庄稼地和芦苇地交界的地方去来回巡视。

这一天，农夫又来到田边看护庄稼。一天下来，没有什么事情发生，平平安安地到了黄昏时分。农夫见还安全，又感到确实有些累了，就坐在芦苇地边休息。

忽然，他发现苇丛中的芦花纷纷扬起，在空中飘来飘去。他不禁感到十分疑惑："奇怪，我并没有靠在芦苇上摇晃它，这会儿也没有一丝风，芦花怎么会飞起来的呢？也许是苇丛中来了什么野兽在活动吧。"

这么想着，农夫提高了警惕，站起身来一个劲地向苇丛中张望，观察是什么东西隐蔽在那里。过了好一会儿，他才看清原来是一只老虎，只见它蹦蹦跳跳的，时而摇摇脑袋，时而晃晃尾巴，看上去好像高兴得不得了。

老虎为什么这么撒欢呢？农夫想了想，认为它一定是捕捉到什么猎物了。老虎得意得简直忘了形，完全忘了注意周围会有什么危险，屡次从苇丛中跳起，将自己的身体暴露在农夫的视线里。

农夫悄悄藏好，用弓箭瞄准了老虎现身的地方，趁它又一次跃起，脱离了苇丛的隐蔽的时候，就一箭射过去，老虎立刻发出一声凄厉的叫声，扑倒在苇丛里。

农夫过去一看，老虎前胸插着箭，身下还枕着一只死獐子。

齐桓公见鬼

导　读

俗话说："疑心生暗鬼。"齐桓公见鬼是一种心理疾病，皇子告教用心理治疗的方法，去满足齐桓公的心理需要，使他的病不治而愈，这个故事告诉人们做事情需要对症下药，这样可以达到事半功倍之效。

＊　　　＊　　　＊　　　＊　　　＊

春秋时代，齐国的国君齐桓公有一次在沼泽地里打猎，由齐相管仲亲自为其驾车。突然间，桓公看见了一个鬼。他赶紧握着管仲的手，惊魂未定地问："仲父你看到什么了吗？"

管仲如实相告："我什么也没有看到。"

齐桓公回宫以后，吓得丢魂失魄，从此就病倒了，竟至几天卧床不起。这时，有个名叫皇子告敖的读书人，主动求见桓公，对他说："这是您自己伤害了自己的身体，鬼怎么能伤害得了您呢？一个人的体内如果产生了怒气并且郁结起来，那么他的魂魄就会游离于体外而使人精神恍惚；怒气上升而不下降，人就会爱发脾气；怒气下降而不上升，人就会发生健忘；而如果这股怒气不上不下，恰好郁结在身体的正中，它就会伤害心脏，这时人就要生病了。"

齐桓公听后，不禁半信半疑地问道："那么，到底世间有没有鬼呢？"

皇子告敖肯定地回答："有的！室内有鬼名叫履，灶房有鬼叫做髻（jì）。院子里的粪土堆上，有个叫雷霆的鬼住在那里；在东北方的墙脚下，时常有倍阿鲑（guī）蠪（lóng）一类的鬼出没其间；在西北方的墙脚下，则有泆（yì）阳鬼安家；水中的鬼叫罔（wǎng）象，丘陵的鬼叫峷（xīn），山上的鬼叫夔（kuí），原野上的鬼叫彷徨，而沼泽地里的鬼则叫委蛇（wěi yí）。"

齐桓公赶紧追问："那委蛇是怎样的形状呢？"

皇子告敖形容说："委蛇嘛，像车毂（gū）那么大，像车辕那么长，穿着紫衣裳，戴着红帽子。委蛇特别不喜欢雷车发出的隆隆声响，一听到这种声音就会抱头而立。谁如果能见到委蛇，那就是将要成为霸主的一种先兆！"

齐桓公听了这一席话，顿时笑逐颜开。他兴奋地说："我所见到的正是你说的这种委蛇呀！"于是，他赶紧重整衣冠，与皇子告敖对坐交谈。

不到一天的时间，齐桓公的病竟不知不觉地好了。

灵猿受窘

导　读

　　灵猿受窘的遭遇说明，任何一种技能技巧能否得以充分施展，除主观努力外，客观环境也是必不可少的，有时甚至还会起决定的作用。由此可见，在尊重知识、尊重人才的时代，创造一种宽松、和谐的客观环境，使各种人才都能充分发挥各自的聪明才智，该是何等重要啊。

❀　　　　❀　　　　❀　　　　❀　　　　❀

在原始的大森林间，到处都生长着高大挺拔、郁郁葱葱的乔木，如叶形椭圆的楠木、叶子对生的梓树、可防虫蛀的樟树、可做染料的栎（lì）树等等。它们枝繁叶茂，遮天蔽日，令人望而生畏。

　　有一种善于飞腾、跳跃的灵猿，生活在这原始大森林里，恰似如鱼得水。您瞧，它们在这些又粗又直的乔木之间轻盈敏捷地攀缘，时而跃上，时而落下，不时还会扯住一根藤蔓，荡到另一棵大树的树杈上去小憩片刻。它们在大森林内嬉戏玩耍，逍遥自得，神气活现，俨然就像这深山老林中的君王一般，谁也奈何它不得。由于它们的身体十分灵巧，行踪无定，哪怕是像后羿、逢蒙那样的神射手，恐怕也没有办法去瞄准它。

　　然而，若是将这群灵猿赶到一片荆棘丛生的灌木林中去生活，那就会变成另外一番景象了。那里尽是生有长刺的柘（zhè）树、满身棘刺的酸枣、味道酸苦的枳（zhǐ）树等等。在这些浑身长刺的灌木丛中，灵猿再也不敢轻举妄动了，它们无树可攀，无枝可跳，善于腾跃的本领无法施展，稍有行动，往往就会被繁枝利刺扎得疼痛难忍，真可谓是危机四伏。因此，它们只能小心谨慎地在林间东张西望，左顾右盼，战战兢兢地爬行，全身紧张得直打哆嗦，好不凄惶！

同样是这群灵猿，为什么在乔木林和灌木丛中的表现竟有天壤之别呢？这并不是由于灵猿的筋骨突然得了什么急病而变僵硬了，而只是因为它后来所处的环境，使它不能充分施展其攀缘腾越的本领所造成的结果啊！

塞翁失马

导 读

这个故事在世代相传的过程中，渐渐地浓缩成了一句成语："塞翁失马，焉知非福。"它说明人世间的好事与坏事都不是绝对的，在一定的条件下，坏事可以引出好的结果，好事也可能会引出坏的结果。

✽　　✽　　✽　　✽　　✽

从前，有位老汉住在与胡人相邻的边塞地区，来来往往的过客都尊称他为"塞翁"。塞翁生性达观，为人处世的方法与众不同。

有一天，塞翁家的马不知什么原因，在放牧时竟迷了路，回不来了。邻居们得知这一消息以后，纷纷表示惋惜。可是塞翁却不以为意，他反而释怀地劝慰大伙儿："丢了马，当然是件坏事，但谁知道它会不会带来好的结果呢？"

果然，没过几个月，那匹迷途的老马又从塞外跑了回来，并且还带回了一匹胡人骑的骏马。于是，邻居们又一齐来向塞翁贺喜，并夸他在丢马时有远见。然而，这时的塞翁却忧心忡忡地说："唉，谁知道这件事会不会给我带来灾祸呢？"

塞翁家平添了一匹胡人骑的骏马，使他的儿子喜不自禁，于是就天天骑马兜风，乐此不疲。终于有一天，儿子因得意而忘形，竟从飞驰的马背上掉了下来，摔伤了一条腿，造成了终生残疾。善良的邻居们闻讯后，赶紧前来慰问，而塞翁却还是那句老话："谁知道它会不会带来好的结果呢？"

又过了一年，胡人大举入侵中原，边塞形势骤然吃紧，身强力壮的青年都被征去当了兵，结果十有八九都在战场上送了命。而塞翁的儿子因为是个跛腿，免服兵役，所以他们父子得以避免了这场生离死别的灾难。

远虑与近忧

导　读

人也是一样，当我们在计划未来的时候，千万不要忘了当前，如果不能兼顾眼下与将来，考虑问题或做事情欠周全的话，都会遭受损失的。

✳　　　✳　　　✳　　　✳　　　✳

喜鹊的巢筑在高高的树顶上，到了秋天，一刮起大风，窝巢便随树枝摇摇晃晃，简直像要把整个窝巢翻下来一样。每到这时，喜鹊和它的孩子们蜷缩在窝巢中，惊恐万状，害怕得连大气都不敢出。

有一种喜鹊就很聪明，在夏天还未到来的时候，它就想到了秋天，它预料到秋季肯定会经常刮大风，这可真是有远见的喜鹊。为了保障住所未来的安全，它果断地决定立即搬家。于是，它不辞辛苦地寻找安全的处所，终于选中了一处粗大低矮的树丫，这地方低矮踏实，上面有浓密的枝叶遮挡，大风也不可能撼动这个粗大稳固的矮树丫。然后，喜鹊又不厌其烦、不顾劳累地将原来的窝巢从高高的树顶上搬下来，它将那些搭窝的枝条、草叶，一根根、一片片搬到低矮粗大的树丫上，筑起了新居。新筑的窝巢真的是舒适安全，大风再也不会侵犯到这低矮处的树丫上了。

夏天到了，大树浓密的树阴下真凉快，过往行人都不免要到树阴下歇凉。人们在树阴下一抬头就看到了喜鹊的窝巢，再一伸手，就可以轻易地掏到窝巢中的小鹊或鹊蛋。人们觉得挺有趣的。于是，窝巢里的小鹊或鹊蛋经常被人掏走。小孩子们看到大人这样做，他们也来掏小鹊和鹊蛋。尽管小孩子们个子矮够不着鹊窝，可是他们想办法找来竹竿，用竹竿挑巢里的小鹊和鹊蛋，还互相争抢着。

可怜的喜鹊这下更遭殃了，秋季还远远没到，它的住所就被破坏得不像样子了。它虽然考虑到了防备未来的灾患，却没想到眼前的危险，结果还是没能避过灾难。

粤人成仙

导　读

　　本来明明是毒蘑菇，这并不是难以辨认的东西，却偏偏被粤人一家坚信不疑地认为是灵芝，就是因为他们总是幻想侥幸地撞大运，白白地获得好处，这真是利令智昏。要想过上好日子，只有靠自己踏踏实实劳动才是一条靠得住的途径，否则就会付出惨重的代价。

* * * * *

粤地有个人，素来笃信神仙。他一天到晚朝思暮想的，就是修成正果，成仙升天，简直到了痴迷的地步。可是要想成仙，有什么门道呢？粤人想不出好办法，很是苦恼。他想，成仙的人是少得很，但我这样诚心，老天怎么还不选中我呢？

踏破铁鞋无觅处，得来全不费工夫。粤人偶然从一本书中得知，有一种仙草，名叫灵芝，长得像蘑菇，颜色美丽，吃了它就可以成仙。粤人高兴极了，就天天不辞劳苦地上山去四处搜寻，希望能在那多得数不清的植物中发现灵芝仙草。

终于有一天，粤人照例上山寻找灵芝，翻山越岭，疲惫不堪。正坐在一块大石头上休息，他忽然看到不远处的一个烂树桩上生着一个大蘑菇，这蘑菇有箱子那么大，叶子有九层，颜色就像金子一样光彩四射。"呀，这就是灵芝吧，没想到真让我得到了，看来我是和神仙有缘哪！"粤人忘了疲劳，三步并作两步奔过去把蘑菇采了下来带回家去。这蘑菇其实并不是什么灵芝，只是山中常见的毒蘑菇，可粤人一心只想成仙，连这点常识都忘了。

回到家里，粤人郑重地对妻子说："快看，这就是人们所说的神奇的灵芝了，吃了它就可以成仙。我听说成仙一定要有缘分，老天是不肯随便让人成仙的。可是你看，这么难得到的东西都让我得到了，我一定是个有缘之人，很快就会成仙了！"于是粤人斋戒了三天，还天天沐浴焚香，彻底清洁自己，以示对神仙的虔诚。三天之后，粤人恭恭敬敬地捧出蘑菇，将它煮熟。他兴奋地想："马上要成仙了！"夹起一大块蘑菇就往口里送。这一吃可糟了，他马上感到腹痛难忍，肠子好像要断掉一样。他倒在地上滚了几滚，就气绝而亡了。

粤人的儿子听到这边有动静，忙过来看看情况。他平时受粤人

脍炙人口的寓言故事

的影响很深，也是一心想做神仙，整天无所事事地做白日梦。这会儿，他见到父亲死了，想了想对母亲说："我听说成仙的人，一定要脱去人的形骸。人就是为形骸所累所以才成不了仙。现在，我的父亲已经脱去他的形骸成仙了，这不是死。"说完，他便去吃那剩下的蘑菇，很快便走了父亲的老路，中毒死了。可是粤人家里其他的人还是对成仙执迷不悟，不假思索地又去争吃蘑菇，结果无一例外地全都被毒死了。

乐不思蜀

导　读

　　刘禅身为一国之主，居然乐不思蜀，甚至连装着想念故乡都装不出来，贪图享乐而志向沦丧竟到了这种地步，实在可气可叹。我们在任何情况下，都不应该放弃自己的理想，而要严格要求自己，志存高远，不懈地奋斗。

❋　　　❋　　　❋　　　❋　　　❋

三国时期，魏、蜀、吴三个国家各据一方，征战不休，争夺霸主的统治地位。其中，刘备管辖割据的地方称为蜀。

刘备依靠诸葛亮、关羽、张飞等一批能干的文臣武将打下了江山，他死后将王位传给了儿子刘禅。临终前，刘备嘱咐诸葛亮辅佐刘禅治理蜀国。刘禅是一位非常无能的君主，什么也不懂，什么也不做，整天就知道吃喝玩乐，将政事都交给诸葛亮去处理。诸葛亮在世的时候，呕心沥血地使蜀国维持着与魏、吴鼎立的地位；诸葛亮去世后，由姜维辅佐刘禅，蜀国的国力迅速走起了下坡路。

一次，魏国大军侵入蜀国，一路势如破竹。姜维抵挡不住，终于失败。刘禅惊慌不已，一点继续战斗的信心和勇气都没有，为了保命，他赤着上身、反绑双臂，叫人捧着玉玺，出宫投降，做了魏国的俘虏。同时跟他一块儿做了俘虏的，还有一大批蜀国的臣子。

投降以后，魏王把刘禅他们接到魏国的京都去居住，还是让他和以前一样养尊处优，为了笼络人心，还封他为安乐公。

司马昭虽然知道刘禅无能，但对他还是有点怀疑，怕他表面上装成很顺从，暗地里存着东山再起的野心，有意要试一试他。有一次，他请刘禅来喝酒，席间，叫人为刘禅表演蜀地乐舞。跟随刘禅的蜀国人看了都触景生情，难过得直掉眼泪。司马昭看看刘禅，见他正咧着嘴看得高兴，就故意问他："你想不想故乡呢？"刘禅随口说："这里很快乐，我并不想念蜀国。"

散席后，刘禅的近臣教他说："下次司马昭再这样问，主公应该痛哭流涕地说：'蜀地是我的家乡，我没有一天不想念那里。'这样也许会感动司马昭，让他放我们回去呀！"果然不久，司马昭又问到这个问题，刘禅就装着悲痛的样子，照这话说了一遍，但又挤不出眼泪来，只好闭着眼睛。司马昭忍住笑问他："这话是人家教你的吧？"刘禅睁开眼睛，吃惊地说："是呀，正是人家教我的，你是怎么知道的？"

司马昭明白刘禅确实是个胸无大志的人，就不再防备他了。

泥偶与木偶

这则寓言告诉我们，那些自以为高人一等的"聪明人"，在嘲笑别人的时候，应该多想想自己的不足之处。只有这样，才能够保持谦虚谨慎，使自己进步得快一些。

❉   ❉   ❉   ❉   ❉

山东省境内的淄水河畔，有一个泥塑的人偶和一个木雕的人偶。在一个天旱无雨的季节里，泥偶和木偶曾有一段朝夕相处的经历。时间一长，木偶渐渐看不起泥偶，因此总想找机会讥笑它。

一天，木偶带着嘲笑的口吻对泥偶说："你原本是淄水西岸的泥土，人们把泥土糅合起来捏成了你。别看你现在有模有样，神气十足，等八月一到，大雨哗哗而下，淄水一下子猛涨起来，你很快就会被水泡成一堆稀泥了。"

那泥偶并不在意，它以十分严肃的口吻对木偶说："谢谢您的关心。不过，事情并不像你所说的那样可怕。既然我是用淄水西岸的泥土捏成的泥人，即使被水冲得面目全非，变成了一堆稀泥，也仅仅是还了我原来的面目，让我回复到淄水西岸罢了。而你倒是要仔细地想一想，你本来是东方的一块桃木，后来被雕成了人。一旦到了八月，大雨倾盆而下，引起淄水猛涨，波浪滚滚的河水将把你冲走。那时，你只能随波逐流，不知会漂泊到什么地方。老兄，你还是多为自己的命运操操心吧！"

猴子现巧遭祸

导读

智慧的人知道藏而不露；有了一点点本事就喜欢卖弄的人是愚蠢的。他们不是弄巧成拙被人笑话，就是最终落个失败的下场。我们不能学习寓言中的猴子，因为一时的卖弄而丢了自己的性命。

✳   ✳   ✳   ✳   ✳

一群猴子住在江边的一座山上。这座山飞瀑流泉，树木繁茂，风景十分秀丽。每年春天过后，满山遍野都长着野果。说不清是什么年月，一群猴子来到这山上安家落户，从此以后，一直过着不愁温饱、悠然自得的生活。

有一天，吴王带着随从乘船在江上游玩，当他在江两岸的奇山异峰中发现这风景秀丽的猴山时，感到异常兴奋。吴王令随从在猴山脚下的江边泊船，带领他们下船登山。

山上的猴子们往日的平和与宁静，突然被这么多上山来的人打破了。猴子们面面相觑，它们被吓得惊慌失措四下逃走，躲进荆棘深处不敢出来。

有一只猴却与众不同，它从容自得地停留在原地，一会儿抓耳挠腮，一会儿手舞足蹈，满不在乎地在吴王面前卖弄着它的灵巧。吴王拉开弓，准备用箭射它。可这只猴子并不害怕，吴王射过去的箭都被它敏捷地抓住了。吴王有些气恼，便命令随从们一起去追射这只猴子。面对这么多人射过去的箭，猴子难以招架，当即被乱箭射死。

吴王回头对他的随从们说："这个猴子，倚仗自己的灵巧，不顾场合地卖弄自己，以至于就这样丢掉了自己的性命，真是可悲。你们都要引以为戒，千万不要恃才傲物，在人前显示和卖弄自己的一点雕虫小技。"

脍炙人口的寓言故事

孔雀惜尾

导　读

　　雄孔雀有着美丽的长尾羽，这本来是一件值得骄傲的事。但它却对自己的这一优长之处珍爱得太过分了，其结果是反而招致了祸患。雄孔雀的下场警示人们：如果有谁对自己缺乏自知之明，将某个长处当包袱背起来，为其所累，这时好事就有可能变成坏事，引出本来不该发生的后果。

❋　　　❋　　　❋　　　❋　　　❋

　　有一只雄孔雀的长尾巴真是漂亮极了，金黄和翠绿的颜色互相交错，在阳光下闪烁着艳丽的光泽，令人惊叹大自然的造化竟有如此神奇美妙的杰作，这绝不是一般的画家用七彩笔所能描绘得出来的。

　　岂止是人类羡慕雄孔雀美丽的尾羽，就连这雄孔雀自身也因这美丽而陶醉，以至进一步养成了嫉妒的恶习。它虽然已经被人类驯养很久了，但只要是见到了有少男少女们穿着颜色鲜艳的服装在大街上行走，仍然禁不住妒火中烧，总要撵上去啄咬几口，才肯罢休。

　　早先，这只雄孔雀每逢在山里栖息的时候，总是要首先选择好一个能掩藏尾羽的地方，然后再来安置身体的其他部位。可是有一天，天上突然下起了大雨，雄孔雀因躲避不及，而淋湿了漂亮的尾羽，这使它好痛心呀。恰在此时，手持罗网捕鸟的人又来到了面前，而这只孔雀还在珍惜顾盼自己漂亮的尾羽，不肯展翅高飞逃离现场，只得落入了捕鸟人撒下的罗网。

老虎模型

导读

　　这个楚人制造了一个老虎模型，本来是只能用来吓唬狐狸和野猪一类并不强大的敌手的。可是他却错误地以为老虎模型无往不胜，结果在遇上了真正的强敌之后，只能落得个粉身碎骨的可悲下场。

❋　　　❋　　　❋　　　❋　　　❋

　　在楚国，有一家人深受狐狸之害。狡猾的狐狸经常趁其不备，跑到院子里来偷只鸡呀，摸条狗呀，闹得这一家鸡犬不宁。这家人想了许多法子来捉狐狸，可是都没能捉到。

　　后来，有人给他家出了个主意，说："老虎是山里的百兽之王，普天下的兽类见了它，都会害怕得丢魂弃魄，一个个只能趴在地上等死。"楚人感到此话有理，于是就用竹篾（miè）编了一个老虎模型，再用一张虎皮蒙在外面，放置在自家的窗户之下。没过几天，狐狸又来骚扰了，它刚一进院门就撞见了这个老虎模型，直吓得大叫一声，即刻就倒在了地上，只剩下束手就擒的份儿了。

　　又有一天，不知从何处来了一头野猪，窜到这家楚人的地里去糟蹋庄稼。于是，楚人又将老虎模型预先埋伏在草丛之中，同时派自己的儿子手执利戈，守候在大路上。一切安排就绪以后，他就让那些在地里干活的人齐声大喊，吓得那头野猪赶紧往草丛中逃生，可是在那里又看到了老虎模型，于是又折转身来，往大路上奔去，结果就被守候在大路上的儿子给抓获了。

脍炙人口的寓言故事

有了这两次经历以后，楚人兴奋异常，他以为凭着这个老虎模型就可以降伏天下所有的野兽了。恰在此时，野外又发现了一种形状像马的动物，这位楚人立即带上老虎模型前往驱赶它。

有些见多识广的人出面劝阻楚人："这种形状像马的动物就是'驳'（bó）呀，它连真的老虎都会吃掉，你又何必带个假的老虎模型去送死呢？你这样去是要遭殃的！"可是楚人却听不进这善意的劝告，依然孤身前往。他到了野外之后，只见那像马的驳吼声如雷，一下子就冲到了楚人面前，迅速踢翻了他带去的老虎模型，接着就用前爪将楚人抓住，拼命撕咬，不一会儿就将楚人咬死了，脑浆溅了一地。

钱神自白

导　读

　　这则寓言深刻地说明了：钱的确很有神力，但弄不好也有其巨大的危害性。我们要树立正确的价值观和人生观，反对腐朽的"拜金主义"，让钱回到"实现商品交换价值"的本位上去，发挥其应有的作用。

＊　　　＊　　　＊　　　＊　　　＊

有一位尊神，脸色殷红，眼睛方正，圆圆的脸上刺了一些符号，站在大道中间，热气冲天却又夹着一些臭味。许多人围在他四周叩拜，祈求得十分诚恳恭敬，也有些人站在一旁观望叹息，既不以为然又舍不得离开。

"这是什么神呢？居然如此不可一世？你到底有哪些功绩？"有

人发出了疑问。

神听到后，傲慢地说道："说到我的功绩嘛，可说是恩泽四海，无可限量。如果不是我，天下会有许多人穷苦困顿，难以生存。达官显贵无不对我孜孜以求，得到以后目光灼灼。平民百姓个个对我恭顺有加，希望我垂怜于他们。官吏没有我就不会快乐，商人没有我就活得没意义，交游没有我就难以周旋，文章没有我就难以显达，气质没有我就难以高贵，亲戚没有我就难以亲近，家庭没有我就难以和睦，就连爱情和生命这些被人反复歌咏的主题如果失去了我，也难以持久。你说，普天之下，还有谁有我的功绩大呢？"

这时，一位不服气的年轻人站出来说话了："可是，当初人类从洪荒中走出来时并没有你，千百年的捕鱼耕田也不见你的身影，历史的发展也没靠你。恰恰是你这个魔鬼出世以后，才搅得世道纷乱，人心不古，各种罪恶因你而加剧。庸人依你来判断轻重，小人以你来决定取舍，官人因你而作奸犯科。损人利己，尔虞我诈，敲诈勒索，弄虚作假，走私贩毒，巧取豪夺，行贿受贿，狂赌乱嫖，卖身求荣，草菅人命和醉生梦死等数不尽的社会弊端和人性丑恶，都离不开你的诱惑和推波助澜。你制造争斗，亲近邪恶，败坏人心，这些难道都是你所谓的功绩吗？你驱使天下数不尽的人，忙忙碌碌为你奔走，即使正直纯朴之人也很容易受你的影响和制约，从而变得自私和可憎。你说，你功在哪里？绩在何方？"

气度不凡的这尊神沉吟了一会说道："血气方刚和稚气可爱的小子，你发表的这一通演说实在是正确极了，但这恰恰不仅是我的神通广大之处，而且也是历史发展的必要过程，同时也是人们自身所固有的一种本性。在今后相当长的一个历史时期内，我仍然会大受欢迎，是不可缺少的偶像和原动力。不信，你走着瞧。"说完，这尊神仰天大笑，举目顾盼，挥手告别。数不清的人们簇拥着这位天皇巨星般的神浩荡而去，这时，大家看到在这尊神的背后刻着一个"钱"字。

永州鼠

导　读

这些老鼠太不识时务，以为所有的主人都会对它们殷勤备至，实在是大错特错，以至于它们的猖獗终于招来了大祸。做人也是一样的道理，不可因一时的显赫而得意忘形，否则，永州鼠的下场就是教训啊！

* 　* 　* 　* 　*

古时候，永州有一个人迷信得厉害，不管做什么事，总要看看吉不吉利。

这个人生在子年，属相是鼠，于是他就把老鼠当成是自己的保护神，万分敬重。他不但自己敬重老鼠，还订下了家规，不准大家消灭老鼠，将老鼠好好保护起来。所以他家里见不到一只猫，仆人们都小心翼翼的，生怕不经意间伤到了老鼠。

这样一来，老鼠在他家有恃无恐，可猖狂了。粮仓里、库房里到处可见成群结队的老鼠大吃大嚼，爱怎么破坏就怎么破坏，根本没人敢管。这还不说，老鼠们四下里奔走相告，说他家里简直是个天堂，每天吃得饱饱的，什么都不用害怕，于是越来越多的老鼠都闻讯搬到这个人家里来。

有了这样严重的鼠害，这一家子可遭殃了。家里的桌子、凳子、柜子全都被老鼠咬得残缺不全。柜子里面的衣服老鼠也不放过，东一个窟窿西一个洞，没有一件是完整的。食物简直就只能吃从老鼠口里剩下的那一点。到了夜里，老鼠在屋里东奔西跑，上蹿下跳，

"咯吱咯吱"地啃东西，还叽叽乱叫，弄得全家乱七八糟，吵得人觉也睡不着。白天老鼠都不歇着，跟人一块儿出出进进、来来往往，放肆极了，俨然它们才是这家的主人。

过了几年，这家人因为主人职位调动搬到另一个郡去住了，这屋子换了主人。可是老鼠们丝毫不懂得收敛，还是闹得特别厉害。

新主人又生气又奇怪，跟家人说："可恨这帮老鼠，本来只应在黑暗中偷偷摸摸地过活，现在竟然如此嚣张，实在可恶，我们应该想办法把它们全都消灭掉！"于是，他们向人家借了好几只凶猛的大花猫，大门紧闭，把出路都用砖瓦堵死，还用水浇灌老鼠洞，又专门雇了些人来帮助捕杀老鼠。

老鼠一下遭到了灭顶之灾，死亡不计其数，尸体堆得像座小山。人们把鼠尸扔到偏僻的地方去，臭味过了好几个月才消失。

眼前与将来

导　读

我们在想问题、做计划时，一定要从实际出发，既要考虑将来，也要顾及当前，统筹兼顾，切实可行。否则，再美好的打算也只能流于幻想。

❋　　　❋　　　❋　　　❋　　　❋

有一天，齐王上朝的时候，郑重其事地对大臣们说："我国地处几个强国之间，军务防备的问题，年年都要搞。这次我想来个大的行动，彻底解决问题。"

谋臣艾子上前问道："不知大王有何打算？"

齐王说:"我要抽调大批壮丁,沿国境线修起一道长长的城墙。这道城墙东起大海,西经太行,连起轘辕山,接上武关,绵延4000里,同各个强国隔绝开来。从此,秦国无法窥伺我西部,楚国难以威胁我南边,韩国、魏国不敢牵制我左右。你们说,这不是一件很伟大、很有价值的事吗?"

艾子说:"大王,这样大的工程,百姓们能承受得了吗?"

齐王说:"是的,百姓筑城的确要吃很多苦头,但这样做能从此减少战争带来的灾难,这一劳永逸的事,谁会不拥护呢?"

艾子沉吟片刻,认真而恳切地对齐王说:"昨天一大早,天下起了大雪,我在赶赴早朝的途中,看见道旁躺着一个人,他光着身子,都快要冻僵了,却仰望着老天唱赞歌。我十分奇怪,便问他为什么这样做,他回答说:'老天爷这场雪下得真好啊,可以料到明年麦子大丰收,人们可以吃到廉价的麦子了。可是,明年却离我太遥远,眼下我就要被冻死了!'大王,臣以为,这件事正像您今天说的筑城墙,老百姓眼下正生活得朝不保夕,哪能奢望将来有什么大福呢?他们还不知道能不能等到修好城墙的那一天,享受永逸的将会是什么人呢!"

齐王无言以对。

痴心妄想

导　读

本来就只是痴心妄想罢了,一个煞有介事的将虚妄当作现实,一个还以此为依据大发脾气,丈夫和妻子真是又愚蠢又可笑。这则寓言告诫我们不管做什么事,都要踏实,不能学这对夫妻把虚幻的东西作为根基。

✻　　　✻　　　✻　　　✻　　　✻

有个城里人非常贫穷，每天都过着吃了上顿不知道下顿的生活。即使是这样，他还是不愿意脚踏实地地干活，一天到晚做着发财的梦。

一天，他出去的时候偶然在草堆里拾到一个鸡蛋，这下他简直大喜过望，兴冲冲地奔回去，还没进门就大叫："我有家产了，我有家产了！"妻子忙问："家产在什么地方？"他小心翼翼地拿出拾来的鸡蛋给妻子看，说："喏，这个就是。只不过必须等到 10 年之后，家产才能有呢。"于是，他便和妻子商量说："我拿这个鸡蛋去找邻居，借他家正在抱窝的母鸡孵它。等小鸡孵出来，我从中挑个母鸡。小鸡长大后可以下蛋，一个月又可以孵出 15 只鸡。两年之内，鸡生蛋，蛋生鸡，这样可以得到 300 只鸡，300 只鸡能够换来 10 金。我用这 10 金可以买来 5 头母牛，母牛又生母牛，3 年以后可以得到 25 头母牛。母牛生下的小母牛，又可以再生母牛，再过 3 年又可以得到 150 头牛，这样，又可以换得 300 金了。我拿着这 300 金去放高利贷，3 年之中又可以得 500 金。这 500 金中，用 2/3 买田产房屋，用 1/3 买僮仆、小妾，我便可以与你一起快乐自在地度过晚年了，这不是很快活的事吗？"妻子开始还好，听到末几句话，不由勃然大怒："什么，你还敢买小妾！"一下子气不打一处来，趁着丈夫不注意，扑过去一下把鸡蛋打碎了，说："那就不要留下这个祸根！"丈夫一看鸡蛋和梦想一起被打碎了，气极了，取过鞭子狠狠地抽打妻子。打完了还不解气，又到衙门去告状，说："这个恶妇，偌大的家业败得一文不剩，我请求杀了她。"官老爷奇怪地问："你的家业在哪里呢？现在又败成了什么样子？"这个人便从拾到一个鸡蛋说起，一直说到要买小妾，原原本本地告诉了官老爷。官老爷想了想，就命令衙役把他妻子抓了起来，呵斥她说："这么大的一个家业，被你这个恶妇一拳就毁尽了，不杀了你不足以抵罪！"接着就下令架起油锅，将油烧得滚开。那妻子见了吓得面无人色，号啕大哭起来："官老爷啊，你可得做主啊，我是冤枉的啊！""说，你还有什么冤枉！""我丈夫说的一切都是还没有成为事实的事，为什么要烹我呢？"官老爷说："你丈夫说买妾，也是没有成为事实的事，你为什么要嫉妒呢？"妻子说："道理是这样，但是铲除祸根要早啊！"官老爷听了笑了笑，放她走了。